BRÛLEURS

www.editions-jclattes.fr

Neïla Romeyssa

BRÛLEURS

Roman

LA GRENADE
JC Lattès

Conception graphique de La Grenade : Sarah Kahn Studio
Réalisation de la couverture : Jean-Philippe Gras
Illustration de couverture : Lili Wood

ISBN : 978-2-7096-7013-5

Première édition : février 2023.

À Rabi, Zoheir & Mané.
À ceux qui, à la quête d'un monde meilleur,
ont péri en Méditerranée.

« Aucune frontière n'est facile à franchir. Il faut forcément abandonner quelque chose derrière soi. Aucune frontière ne vous laisse passer sereinement. Elles blessent toutes. »

LAURENT GAUDÉ, *Eldorado*.

Harraga :
Nom masculin issu du dialecte algérien signifiant « ceux qui brûlent (leurs papiers/les frontières) ». En Algérie, il désigne les jeunes adultes que l'absence de perspective pousse à fuir leur pays par tous les moyens.

I

LES DÉSILLUSIONNAIRES

1

Tout est tassé dans cette pièce. Tout paraît si sombre, sans doute parce que la vie l'est. Pourtant, une sorte de lueur, une rare lumière éclatante s'interpose à l'ombre entêtée. Grâce à elle, je suis là. Je suis en vie malgré le nombre de cigarettes que j'enchaîne. Un paquet, parfois deux, en l'espace de quelques heures. Depuis des jours, je t'avoue que je fume sans trop compter. Quand je me rends compte qu'il ne me reste qu'une petite clope solitaire, je m'empresse de sortir pour me ravitailler. Je passe par le vendeur de rue pour acheter deux paquets de Rym, elles ont beau être dégueulasses, elles sont les moins coûteuses – 100 dinars le paquet. Quand il me reste quelques pièces, j'ajoute une petite poignée de *kawkaw* et demande au marchand de cacahuètes d'y ajouter un peu de pistaches. Si je m'aperçois que la mer se prépare pour l'agitation, je passe discrètement dans un dépôt d'alcool pour acheter un pack de Beaufort. C'est ma bière fétiche. Je rentre toujours la boire à l'abri des regards. Parce qu'à Saint-Eugène tout le monde me connaît. Il me suffit de pointer le bout de mon nez dehors pour qu'on me lance des « *Saha*[1], Salim ! » à tout va. C'est dans ce quartier que j'ai grandi. On est une sorte de grande famille. Je suis comme tous les autres jeunes, mis à part que, depuis la disparition de mon père, ma vie s'est transformée en un truc que je n'arriverai pas à te décrire. Un merdier, *wallah*. Alors je préfère rester seul dans cette petite chambre que j'ai louée. Après mes petites courses, je me prépare pour ma balade mentale. C'est un délire que je me suis créé. C'est ainsi que je parviens à oublier.

Tout se passe sur le rebord de la fenêtre. Je m'emmitoufle d'un grand plaid qui sent le tabac froid, j'éparpille quelques cigarettes sur la rambarde et, vu que je n'ai pas de frigo, j'y dépose aussi mes canettes de bière, histoire de les garder au frais. C'est ici que le spectacle commence. Je suis devant une sorte de petite lucarne qui compose le grand tableau de la ville. Je suis seul, comme d'habitude. Seul face au spectacle de la mer. La nuit va être longue, faite de chimères solitaires, de rêveries bouillonnantes et de

1. Salut ! (Dialecte algérien.)

regards épris sur les remous d'eau qui créent le mouvement des vagues. Une vraie mise en scène s'offre à moi. Parce que, tu sais, au fond je ne suis qu'un enfant rêveur, avide de jolies illusions, un enfant qui idéalise un autre monde, celui qu'il ne connaît pas. Alors j'observe la mer et, par moments, après une latte et deux ou trois gorgées, mes yeux se ferment lentement pour écouter les murmures de la Méditerranée. Je savoure ce que je consomme, j'apprécie ce que j'écoute, je me détache lentement de l'instant présent et je mets mon merdier entre parenthèses. D'ailleurs, il me reste peu de temps pour me familiariser avec le langage du large. Ça doit faire quinze jours que je me suis coupé de tout pour préparer mon départ. Quand la mer est calme, j'ose prier secrètement. Quand elle se révolte, je veux pouvoir crier avec elle. Bientôt, ce sera mon tour de partir. Entre-temps, je tente de me rassurer comme je peux.

Alger s'endort. Les lampadaires éclairent quelques fragments de bitume et le reste de la ville se contente de la lune. Les sons s'adoucissent progressivement, les télévisions s'éteignent, les foyers s'engourdissent dans le silence. Le vacarme ne se crée que par les quelques chats de gouttières qui farfouillent dans les poubelles et les vagabonds ivrognes qui se promènent en clamant des extravagances. Si je n'avais pas décidé de me barrer d'ici, j'aurais sûrement fini comme eux. J'aimerais que la nuit ne cesse de se prolonger, peut-être pour toujours ou au moins jusqu'à ce que je sois prêt. Mais le temps file, mon départ approche à grands pas et les souvenirs du passé me hantent encore. J'ai du mal à faire abstraction de tout ce qui a fait de moi un désillusionnaire.

Ça, c'est un mot que j'ai inventé. T'as les visionnaires et t'as les désillusionnaires. Eux, c'est tous les mecs comme moi ; ceux qui ont abandonné les études, ceux qui ont foiré leur vie professionnelle, ceux qui ne deviennent jamais des hommes meilleurs, ceux qui ne savent pas aimer, ceux qui ne sont pas aimés. Bref, ceux qui ont perdu espoir, quoi ! On ne sème pas la désillusion et, pourtant, on la récolte. Elle vient à nous, elle entre par effraction et elle nous colle à la peau. Parce que Dieu nous a créés comme ça. Si ça se trouve, peut-être que lui non plus n'a jamais voulu de nous.

La mer s'est apaisée et se confond maintenant avec le ciel brumeux. On n'y voit rien, pas un soupçon de vague, pas une once de mousse blanche. Le spectacle touche à sa fin. Je tire une dernière latte, jette mon mégot et ferme les volets. Quelques clopes s'écrasent, d'autres tombent et avec maladresse, je renverse une canette remplie de cendres et d'un fond de bière. Son contenu souille le peu de propreté qui subsistait sur mes vêtements. En vrai, je m'en fiche. Ce qui accentue le désordre m'est totalement indifférent. Je file pisser un coup et me débarbouiller dans l'évier. En levant la tête, je croise mon reflet dans le miroir de la salle de bain. Je vois un visage blême, pâle, épuisé. Qui est ce mec, là, face à moi ? Je ne reconnais pas cette barbe mal taillée, cette chevelure en pagaille et puis cette inconsistance, cette tristesse, ce chagrin… Torse nu, j'examine timidement ce corps affaibli, quasi squelettique. Avant, je ne pensais qu'à me muscler, je passais mon temps à faire de l'exercice, à courir le plus vite possible, peut-être pour échapper au monde qui m'entourait. Aujourd'hui, je n'ose même pas me confronter à ce que je suis ; Salim n'est plus celui que j'ai toujours connu, la rudesse du temps l'a fané.

Tu sais, je me suis souvent moqué de ces gamins aux têtes basanées, marquées par les brutalités de la vie, on les appelle *e'zrouga*. Quand la mélanine s'assèche, la peau devient âpre, les nuances marron laissent place à une carnation grisonnante voire bleutée – un teint *zreg*. J'approche mon visage du miroir et le regarde avec attention. Ces gamins, je leur ressemble, et ça me dégoûte. Qu'est-ce que Salim est en train de devenir ? J'ai pitié de lui, de ce pauvre gars.

— Allez ! Lâche une petite larme. Personne ne verra que t'as pleuré.

Évidemment, je ne laisserai rien couler. L'agitation de mon esprit me suffit amplement et je n'ai qu'une priorité en tête : ma *harga*[1]. Je m'apprête à brûler les frontières comme l'ont fait des milliers d'autres avant moi. La particularité de nos départs se résume à leur insignifiance, parce qu'on choisit de partir comme ceux qui fuient la guerre ou l'esclavage. Pourtant, aucun de nous n'a connu la guerre et encore moins l'esclavage. En réalité, ce ne sont pas nos pays qu'on déserte, c'est ce foutu système qui nous désespère, il ne nous apporte rien. En quête constante d'espoir, on se doit de quitter la terre du néant. Et moi, je ne suis pas si différent de tous ces jeunes, comme eux, je veux me libérer d'un carcan qui, depuis ma naissance, me suit telle une ombre. J'ai besoin de vivre, de respirer le grand air et, plus que tout, je dois me battre pour exister. Pour les désillusionnaires, il n'y a que la *harga* qui sauve.

1. Acte de « brûler les frontières », traversée clandestine de l'Algérie et l'Afrique du Nord vers l'Europe.

Mais tu te doutes bien que ce n'est pas facile de tout laisser derrière soi. Les petits voyages demandent peu d'organisation – un programme touristique et quelques esquisses feront l'affaire. Alors que pour un départ définitif, il est inévitable de passer par des au revoir qui, si tout se passe au mieux, ne seront pas des adieux.

2

Je suis enfin sorti de ma tanière. Accroché à un rocher, je finis mon joint le temps que les autres me rejoignent. Tu vois les trois silhouettes qui longent la plage Kettani ? C'est mes frérots, mes amis de toujours. Ils grimpent les quelques marches qui mènent à la jetée et se faufilent entre les blocs de pierre pour s'asseoir à mes côtés.

Le gaillard mi-baraqué mi-boudiné, c'est Youcef, mon ancien voisin de palier. On a grandi ensemble jusqu'à ce qu'il fasse de la prison. Conduite en état d'ébriété et un peu de *trabendo*[1]. Il a pris trois ans pour des broutilles jusqu'à ce que Bouteflika ordonne de libérer les délinquants au jugement définitif. La grâce présidentielle l'a sauvé et, depuis, il a un discours bien lèche-cul sur tout ce que le gouvernement peut apporter au peuple. J'ai l'impression qu'ils lui ont fait un lavage de cerveau, mais bon, rien ne

1. En Algérie : contrebande, marché noir.

changera notre lien, Youcef restera mon frère, *a la vida a la muerte.*

Celui qui ricane à côté de lui, c'est Lotfi. On l'appelle le *chinoui*[1], c'est un fanatique du Mouloudia Club d'Alger. Il a arrêté l'université et se consacre à fond au football. Mais Lotfi ne joue pas, il supporte. Il s'est formé chez les Verde Leone, un groupe d'ultras. Il a beaucoup appris et maîtrise parfaitement bien l'art de supporter une équipe ; parce que le foot, c'est plus fort que tout. C'est une religion pour nous. Sans ça, ici, on ne vit pas vraiment. C'est la seule chose qu'il nous reste et puis, contrairement aux autres formes d'amours, celui qu'on lui porte peut être partagé au monde sans qu'il soit tabou, sans qu'il déchaîne les passions. Depuis que les Verde Leone se sont dissous, Lotfi a rejoint les Green Corsairs. Je te parie qu'il va me parler du dernier craquage qu'ils ont fait à l'occasion du match contre la JSK[2]. Le craquage est une ligne de fumigènes que les supporters allument un à un. Ça paraît simple

1. En Algérie, ce mot signifie « chinois ». C'est ainsi que sont surnommés les supporters du Mouloudia Club d'Alger (en raison de leur nombre élevé).
2. Jeunesse Sportive Kabyle. Il s'agit ici d'une équipe de football.

à faire, mais il faut un certain talent de synchronisation. Je t'y emmènerai un jour, je suis certain que tu adoreras. Laisse-moi juste le temps de venir et prie pour moi en attendant. Qui sait, grâce à toi, j'aurai peut-être plus de chance d'y parvenir.

J'ai hâte de laisser toute cette galère derrière moi mais forcément, la mélancolie me gagne dès que je vois le petit dernier qui marche en décalé, juste derrière Youcef et Lotfi. C'est Abdou, mon petit frère.

— Putain, on y est déjà ? Le temps passe trop vite.

— *Khoya*[1] Abdou, je suis content que tu sois venu me voir.

Il me serre dans ses bras comme il ne l'avait jamais fait auparavant - une certaine pudeur a toujours existé entre nous. Mon frère n'a pas d'amis, il ne s'est jamais soucié des jeunes de son âge. Abdou est détaché de la réalité, il vit dans un monde parallèle, et je crois qu'il s'y plaît. Partagé entre la passion du foot et l'amour de la religion, il essaie de jongler entre les deux en délaissant progressivement les études. Je n'ai jamais réellement été présent pour lui, Mama s'en est occupée toute seule, comme elle le pouvait.

Et merde. Je réalise que je n'ai pas profité de la présence des miens depuis des semaines. Je n'ai fait que

1. Mon frère (dialecte algérien).

courir sans but précis, achetant quelques futilités que je jetterai sans doute avant de prendre la mer. Le peu d'argent qu'il me restait a été utilisé pour m'approvisionner en *zetla, saroukh, hamra*[1], mes substances favorites. Elles me font virevolter l'esprit quand les temps sont durs, elles m'éloignent de cette pénible routine.

Après quelques accolades et taquineries, je commence à rouler pour toute la smala. Le joint s'allume, les lattes s'enchaînent, la fumée s'envole, en même temps que nos pensées, vers d'autres rives. Comme d'habitude, on regarde l'horizon en se perdant en rêveries farfelues, je n'oserais même pas te les dévoiler tellement j'en ai honte. Encore trop jeune pour tomber dans le gouffre de ceux qui se noient dans la désillusion, Abdou allume l'enceinte qu'il trimballe toujours dans son sac à dos. Trop bien dissipés par nos songes, on n'y prête aucune attention. Il enclenche la playlist du Mouloudia et, inconsciemment, tout le monde se met à fredonner les paroles d'une chanson qui nous est chère. Parce qu'ici, il y a un rêve que l'on partage tous. Partir.

Fel baboor, rayhin, rayhin
Wi wafekna rab el alamin

1. Du shit et des psychotropes.

We ndjibouha fi Sardinia
Torino Palermo Catania
Baboor ya Baboor Casanova
Chhal essenitek ana chhal
Nrouhou nkhelou el assima lel kwava
Italia l'tema rahet el bal

On s'en va, on s'en va, dans le bateau
Et Dieu nous protégera
On arrivera jusqu'en Sardaigne
Turin, Palerme, Catane
Bateau Ô Bateau Casanova
Je t'ai tellement attendu
On s'en va, laissant la capitale aux ploucs
Là-bas en Italie, il y a la sérénité de l'esprit

Youcef rompt la quiétude du moment et me demande :

— Salim, tu passes voir *el walida*[1] ce soir ? Elle termine le travail à minuit.

— Je… j'vais essayer.

— Comment ça, *kho*[2] ? C'est ta daronne ! Va lui rendre visite !

1. La mère.
2. Frérot (parler algérois).

Je retiens mes larmes, personne ne m'a vu pleurer et ça ne risque pas de se produire. Convaincu que cet au revoir ne fera qu'empirer les choses, je n'ose pas aller voir ma mère. Il faut que je la laisse mener sa vie, tranquillement. Je l'ai déjà trop fait souffrir. Alors je serre les dents, ravale ma salive et lui marmonne que je dois rendre les clés de ma chambre ce soir parce que mon bus démarre tôt le lendemain. Cette fois, il se met dans tous ses états :

— Mais t'es un fou, toi ! C'est ta mère ! Tu sais pas ce qui va se passer quand tu partiras. Demain tu...

Abdou l'interrompt :

— Youcef, stop. C'est déjà assez difficile pour lui comme ça. Il sait quoi faire, laisse-le.

Pendant que je reste muet, Youcef persiste :

— Salim, réveille-toi ! Demain il sera trop tard. Va voir ta mère au lieu de baragouiner des excuses de merde.

Ça ne lui a pris que quelques minutes pour décider de se barrer. Abdou le suit et se contente d'un simple signe de main pour me dire au revoir. Parce qu'à défaut de pleurer, nous, c'est ce qu'on fait. On reste de marbre. D'ailleurs je sais qu'il y a un mouvement philosophique qui traite de cette capacité à gérer ses émotions. Je ne me rappelle plus du nom mais je l'ai au bout de la langue. En tout cas, moi, je refuse de décevoir ma mère. Je n'irai pas lui rendre visite, je ne veux pas déstabiliser tout ce qu'elle est en train de bâtir et je ne veux pas lui donner de faux espoirs.

Au début, je devais faire la traversée avec Athmane, un grand du quartier. Il m'a imposé une seule et unique condition pour que je parte avec lui – ma mère devait me donner son accord. J'ai tout essayé pour qu'elle accepte. Je l'ai chouchoutée, je lui ai offert des cadeaux, je l'ai invitée au restaurant, j'ai même emprunté une voiture pour l'emmener visiter Tipaza. Mais elle voyait très clair dans mon manège et n'a jamais voulu me donner son accord pour partir. Je me rappelle encore le jour où elle sanglotait dans la cuisine, elle s'excusait et pleurait à chaudes larmes : « Pardonne-moi, Salim, pardonne-moi de ne pas avoir réussi à te montrer que la vie vaut la peine d'être vécue. Si Baba était là, il m'aurait aidée. Mon fils, pardonne-moi. S'il te plaît, ne pars pas. »

Malgré mes efforts, Mama était inconsolable. Elle ne comprenait pas que ce n'était pas sa faute – c'était celle de cette Algérie qui ne donne rien à ceux qui, dès le départ, n'ont rien. Ici, je suffoque, il n'y a plus grand-chose qui me retient.

— Lotfi, tu sais quoi ? Je préfère mourir en mer plutôt que mourir en Algérie.

— Ne dis pas ça, tu vas pas mourir, et les choses peuvent changer ici, j'en suis sûr.

— Peut-être, mais je n'y crois plus. Le Hirak[1] m'avait donné tellement d'espoir et puis d'un coup, *walou*[2].

Lotfi me sourit, ses yeux brillent de nostalgie.

— Tu te souviens de nos craquages sur les marches ? D'ailleurs, t'as raté celui d'hier. C'était magnifique.

— On avait l'impression de vivre pour de vrai…

— Je me sentais libre, Salim !

— Et les nanas qui nous souriaient pour une fois ?

— C'était comme l'Europe.

— Non Lotfi, c'était l'Algérie. Ça l'a été le temps de quelques vendredis, puis le pays est redevenu néant, il nous engloutit. Il est temps de le quitter. C'est trop.

— Je te rejoindrai un jour, *n'challah*.

Lotfi se lève et me prend dans ses bras. Avant de s'en aller, il me chuchote à l'oreille qu'il prendra soin

1. Mouvement de contestation populaire en Algérie (2019-2020).

2. Rien (dialecte nord-africain).

d'Abdou et me supplie de donner de mes nouvelles dès que possible.

Conscients du risque de la traversée, on savait que se revoir ne serait qu'une affaire de chance. Dans les villes du littoral, beaucoup de jeunes ont déserté les quartiers. En dehors de ceux qui ont survécu au périple de la *harga*, plusieurs ont été retrouvés à la surface de l'eau tandis que d'autres ont carrément été avalés par la Méditerranée. J'ai la certitude que ce n'est pas une énième légende urbaine. Un mec de mon immeuble a péri pendant son voyage. Je me rappelle encore des cris de sa mère qui, pendant des jours, résonnaient dans tout le quartier de Bologhine. Moi, personne ne me pleurera, je suis sûr d'y parvenir.

À moitié défoncé, je reste assis sur ce rocher et me prends un petit cacheton de *saroukh* pour tenter d'égayer ma soirée. Flemme de dormir, de toute façon je n'y arriverais pas. Demain, je prends la route pour Oran. Je m'imagine déjà de l'autre côté de la rive et une peur délicieuse m'envahit. Je pointe du doigt l'horizon qui me fait face et me parle à moi-même. Je souris puis ris et, spontanément, je cède à un long fou rire solitaire qui m'irrite la gorge. Je tousse jusqu'à ce que je retrouve ma respiration et me grille machinalement une énième clope.

À ce moment, ça y est, je ne pense plus à rien. Mon esprit déborde d'espoirs et d'illusions. Il n'y a plus grand monde autour de moi. Bab El Oued est plus belle quand ses rues sont fantômes. Seuls les rêveurs incompris s'aventurent ici la nuit, leurs âmes ne se croisent que quand le ciel s'assombrit. Il y a des pêcheurs passionnés, des *boulahias*[1], des travestis et quelques mecs comme moi – sans doute des désillusionnaires qui se contentent de boire, fumer, prier, aimer et songer, à leur manière, à de plus beaux lendemains. Moi aussi, la drogue me sauve. Elle est ma routine depuis cinq ans. Je fume, je bois, je gobe. La drogue est le bouche-trou du néant. Elle instaure une sorte d'abstraction que je savoure à chaque seconde. Elle catalyse la violente solitude qui m'est imposée. La drogue appuie sur « pause ». Elle anesthésie ma douleur et m'empêche de me noyer dans les dédales de mes déboires.

Alors, toujours perché sur ce bloc de pierre, je m'adosse sur le granite, ferme les yeux, puis m'évade dans des aspirations plus grandes que le monde en sentant mes tempes tanguer au rythme de la mer.

1. Surnom donné aux barbus religieux (Algérie).

Ce soir, je suis prêt pour le grand départ. En attendant qu'il vienne à moi, je danse ! Je danse sur les débris de ma misérable vie en Algérie, avant de prendre le chemin de la renaissance.

3

— Hé, gamin, réveille-toi !

— Quoi ? Qu'est-ce qu'…

— Debout ! J'ai pas que ça à foutre moi, *yallah*[1] !

Le chauffeur de bus me secoue et me réveille illico. Même pas eu le temps de vérifier si je n'ai rien oublié. Je m'assure que la thune que je dois remettre à Toufik avant le départ est toujours dans ma pochette puis décide de l'attendre en me calant sous un abribus. Toufik, c'est un vieil ami que j'ai rencontré à Oran à l'occasion d'un match. Ça doit faire une bonne dizaine d'années qu'on se connaît. Je créchais chez lui quand je venais ici, mais depuis qu'il s'est fiancé, les choses ont changé. Toufik est un gosse de riches qui a grandi tiraillé entre deux mondes, d'une part l'Algérie populaire et de l'autre, celle qu'on appelle l'Algérie élitiste. Ses parents font partie des intellectuels qui ont réussi leur vie au

1. Allons-y ! En avant !

pays. Tu le sais peut-être déjà mais, ici, c'est rare de voir des intellectuels devenir pleins aux as. Ils sont réputés pour vouloir contrer le système. Alors on sait tous que pour faire partie de l'élite et avoir des villas vue sur mer, il faut inévitablement caresser les « grands hommes » dans le sens du poil. Mais Toufik a tout pour lui, il plaît aux filles, roule en Merco, traîne dans des endroits de riches et voyage au bout du monde quand il en a envie. Contrairement aux arrivistes, ce mec a de la jugeote. Il est classe, humble, il a le cœur sur la main et c'est sa nature d'aider son prochain. Il m'a même proposé d'appuyer ma demande de visa au consulat, mais j'ai déjà essuyé cinq refus. Un pour l'Angleterre, un pour l'Espagne et trois pour la France. J'en pouvais plus. Alors, malgré lui, il me rend service pour ma *harga*. Il a longtemps refusé de me trouver un filon, prétextant que m'inciter à partir de la sorte, ça reviendrait à signer mon acte de mort. Je l'ai supplié pendant des mois. Je lui ai expliqué que je n'avais plus le choix, que c'était la seule carte qui me restait. J'allais devenir un harraga.

De toute façon, je rentre parfaitement dans les critères. J'ai la dégaine d'un blédard, je n'ai pas les bons papelards, ni la bonne gueule. D'ailleurs, je ne l'ai jamais aimée, ma gueule. Mes joues creuses créent un étonnant paradoxe avec mes pommettes saillantes. Une gueule obscène, ayant pour pièce maîtresse un nez tordu, disgracieux, camouflant légèrement mes lèvres sèches ; le tout étalé sur ma peau basanée. Tu vois ? Je coche toutes les cases. Je suis un stéréotype ambulant. Rien ni personne ne pourra changer la donne. Parce qu'il y a ceux qui rêvent de devenir astronaute, pilote, médecin ou avocat et puis il y a ceux qui choisissent de rêver autrement, de voir les étoiles autrement, de traverser les mers autrement. En tâchant de ne pas mourir, en priant pour s'en sortir.

Putain, ça recommence. Je ne m'étais plus confronté à mes pensées depuis l'autre soir. Je n'ai fait que dormir après avoir subi les effets de la descente de cachetons. Je n'ai pas voulu réfléchir à tout ce que je laisse derrière moi. Parfois, ma capacité mentale me joue des tours, mais elle m'aide tout de même à supporter les remémorations douloureuses parce que, tu sais, ces flashbacks n'hésiteront pas à nous réduire à néant. Imagine devoir laisser ton petit frère gambader seul dans les rues d'Alger sans pouvoir revenir le protéger des énergumènes qui errent dans la ville. Imagine devoir laisser ta mère faire le deuil de ton père, puis le tien, sans daigner lui dire au revoir par peur qu'elle te prenne dans ses bras et te chuchote à l'oreille : « Tu ne partiras pas, mon fils, je te retiens. » Mes yeux embués de larmes accompagnent la rage qui me ronge. Je suis un lâche. Un moins que rien.

Affalé sur le banc, j'observe les alentours et me rends compte que la gare d'El Bahia est presque vide. Je m'allume une autre cigarette, essuie mes joues, puis décide de me dégourdir les jambes. Peut-être que la musique apaisera ma peine ? J'enclenche notre playlist commune avec Youcef. La magie de l'aléatoire lance *Darja Darja* – c'est moi qui avais ajouté cette version-là, je la trouve d'une poésie exquise. Elle débute avec un violon qui brise la frontière entre la musique classique et la culture raï. Les quinze premières secondes démarrent gracieusement, puis la boîte à rythme harmonise le tout avec la cadence du synthé et du bendir[1]. Cheb Bilal prépare son vibrato, sa voix tremblote juste comme il faut et ça, c'est tout ce que j'aime. Je monte le volume pour chanter à tue-tête et ressentir chaque note, même les plus discrètes. Au rythme de la mélodie, mes doigts se mettent à tapoter mon torse comme sur

1. Instrument à percussion d'Afrique du Nord.

une derbouka. Je danse, seul, au milieu de cette gare déserte. J'emmerde le monde dans lequel je vis. Je suis sur le point de partir. C'est la fin d'une ère comme c'est le début d'une autre. Et ça commence maintenant.

Darja darja
Ila bghit terbah
Andak ghir e'tih
Tarda b'ghir errih
Tendem nedma
Ou tekhsser fi la fin

Marche après marche
Si tu veux gagner
Fais gaffe à ne pas tomber
Ou tu ne gagneras que du vent
Tu regretteras
Et à la fin, tu perdras

La sonnerie du téléphone interrompt la musique, la magie s'arrête. Retour à la réalité.

— Allô, *h'bibi*[1] ?

— Salut, Toufik. J'attendais ton appel.

1. Terme affectueux signifiant « mon cher (ami) ».

— Alors, t'es bien arrivé à Oran ? Dis-moi où t'es, et je passe te récupérer.

— À la gare routière d'El Bahia.

— Très bien. Je suis là dans dix minutes, grand max.

J'ai comme une boule au ventre à l'idée de le retrouver. Ce sera peut-être la dernière fois. Mes émotions sont à mi-chemin entre la tristesse et la joie. Ne comprenant plus ce qui m'arrive, je ravale mes larmes pour n'en laisser couler aucune. Toufik est un putain d'ange tombé du ciel ; le genre d'ange qu'on croise rarement dans une vie. C'est grâce à lui que je vais enfin pouvoir quitter ce pays. Pour m'éviter les galères financières, Toufik a proposé de payer les 400 000 dinars de la traversée, mais jamais je n'aurais accepté cette charité. C'est moi qui pars, alors c'est moi qui paye.

Nous voilà en train de rouler à 180 km/h sur l'autoroute dans son nouveau bolide. Toufik fume un splif, il enchaîne les lattes comme un pompier. Il me regarde de temps à autre, tel un père qui veille sur son enfant. Moi, je joue mon rôle de môme à la perfection avec la sensation qu'on se dirige vers une contrée inconnue, alors je me laisse guider par le bruit du moteur. Au loin, la mer épouse le ciel.

J'aime toutes ces nuances de bleu et espère les voir tout au long de ma traversée.

Toufik jette son joint et passe un coup de fil.

— Allô ? Ouais c'est bon, je suis avec lui, on est en chemin.

J'entends vaguement la voix de son interlocuteur sans trop comprendre ce qu'il dit.

— OK. C'est pas un problème. On verra ça dès qu'on arrive.

J'interviens :

— Toufik, y a un problème ?

— Non, t'inquiète pas, *h'bibi.*

— T'es sûr, hein ?

— Fais-moi confiance.

On se dirige vers le centre d'Oran. En longeant la corniche, on ouvre les fenêtres pour sentir la brise matinale. La chapelle Santa Cruz nous domine du haut de la colline, la lumière éclaire le port et le temps est si doux qu'on se croirait dans une autre dimension. Toufik me propose de bifurquer par Miramar afin d'acheter de quoi manger et passer un peu de temps ensemble. Je crois que c'est sa manière de me dire au revoir. Au lieu de parler, il monte le son de la radio et laisse la musique le faire à sa place. Peut-être qu'il n'a rien à me dire… Qu'est-ce qu'on est censés souhaiter à un harraga ? La survie ? Qu'est-ce qu'on doit dire à un désillusionnaire ? T'es en train de faire une grosse connerie ?

Je pense à Lotfi, Youcef et Abdou. On n'a même pas fait nos adieux dans les règles de l'art. Abdou s'est contenté d'un geste de la main, Youcef espérait sans doute me retrouver sur le palier de son immeuble et Lotfi a fait comme il pouvait. J'ai honte. Oui, j'ai intensément honte d'avoir tout foiré, encore une fois.

Une furie me prend. Je tire mon téléphone de la poche et, les mains tremblantes, le démonte en quelques secondes, enlève la batterie et arrache la puce que je balance par la fenêtre.

— Oh Salim ! Qu'est-ce qui t'arrive ?

— Laisse, je sais ce que je fais…

Toufik pousse un soupir. Visiblement, il ne comprend pas ce que je ressens. Mais dis-moi, qui y parviendra ? Ne t'épuise pas à essayer de trouver la réponse. Elle est très claire. Personne ne le peut. Cette puce marquait la fin d'une vie passée, la fin d'un deuil que je m'efforçais d'accepter depuis des semaines. Sauf qu'un deuil ne s'accepte pas, il s'efface. Certains comptent sur le temps alors que moi, je prends les devants. Le deuil, je le détruis.

— Écoute, je vais t'acheter une nouvelle puce, comme ça tu pourras appeler à l'international si jamais.

— Merci, frérot. On a rendez-vous à quelle heure ?

— Dans une demi-heure. On a le temps de manger avant d'y aller.

4

On est arrivés à Laâyoune, une sorte de banlieue du littoral oranais aux villas à moitié construites. La plupart appartiennent à des familles d'émigrés qui viennent y séjourner l'été. Pendant la saison basse, il n'y a pas grand monde excepté les gens du coin. Un Range Rover se gare derrière Toufik qui baisse la vitre et agite la main pour faire signe au conducteur. Celui-ci s'empresse de répondre par des appels de phare puis nous dépasse en prenant la route qui conduit vers la mer. En moins de cinq minutes, on s'arrête à l'entrée d'un bar-cabaret à l'allure miteuse. Un néon rouge clignote au-dessus de la porte surveillée par un videur qui tire la tronche. Des boîtes comme ça, il y en a des dizaines sur toute la côte. Ici, la nuit est bien plus bruyante que le jour. Les oiseaux nocturnes apparaissent vers les coups de minuit ; s'ensuivent des soirées interminables qui se dessinent au rythme du raï *new generation.* Cheb Bello, Cheba Warda Charlomanti et toute la compagnie sont déjà venus se produire ici. J'ai longtemps apprécié cette vie de débauche et j'y ai dépensé tout mon argent. Du coup, j'ai préféré la mener seul, chez moi.

Le conducteur du 4 × 4 descend de la voiture ; son bide doit peser plus lourd que moi tout entier. Habillé tout en blanc, il porte des lunettes de soleil étranges qui tiennent en équilibre sur son nez et quelques bijoux en or qui brillent autour de son cou et ses poignets. Il a des airs de patron, ça doit être le gérant du lieu. Je me demande où Toufik a déniché ce personnage. En même temps, quand on décide de faire partie du monde de la nuit oranaise, on risque d'en croiser pas mal, des phénomènes de ce genre.

— Tu as fait bonne route, mon garçon ?

— Oui, *hamdoulah*[1] !

— Ah non ! Je t'en prie, pas de *hamdoulah* ici. Toufik, tu lui as pas dit ?

Toufik sourit bêtement. Il a l'air de craindre cet homme dont la voix rauque laisse entendre qu'il a dû plus fumer que dormir dans sa vie. Le type s'approche de moi. Il pose sa main sur mon épaule.

1. Dieu merci ! Grâce à Dieu !

— Salim *ya* Salim ! Sais-tu ce que ton prénom signifie ?

— Sain et sauf, je crois…

— Exactement. Ta destinée c'est d'être sauf, mais pour cela, il faut être sauvé. Alors désormais je serai ton sauveur, comme j'ai été celui de plein de jeunes avant toi. Parce que, vois-tu, il n'y a que ça ici, des sauveurs et des sauvés. Pas de Dieu dans les parages, on le laisse aux autres.

Je fais mine d'acquiescer avec un sourire timide. Il sort un cigare et se le coince entre les dents. Avant de l'allumer, il me serre la main et se présente :

— Tout le monde m'appelle El Mâalem. Enchanté, fiston.

C'est sûrement lui-même qui s'est appelé ainsi ! Ce mec pue le culot à des kilomètres et sa dégaine en dit long sur sa personne. « El Mâalem », ça désigne le grand patron, le *big boss*, un Al Pacino version algérienne.

— Salim, dis-moi, quel âge as-tu ?

— Vingt-six bientôt, *n'challah*. Ah… Merde, désolé. Pas de Dieu.

— Je l'aime déjà ce petit ! Allez, rentrons boire un coup.

À ma grande surprise, le cabaret n'est pas vide. La piste de danse éclairée par une lumière tamisée rosâtre accueille encore quelques résistants au sommeil qui se trémoussent lentement sur une musique de Houari Dauphin. Un couple s'embrasse langoureusement, je n'arrive pas à les quitter des yeux. Leur nonchalance me rappelle la mienne, quand je croyais que l'espoir était possible dans ce pays. Je les envie. Ils ont toujours la capacité de rêver, d'aimer et de supporter de vivre cachés. Entre-temps, le staff du bar nous installe à l'espace VIP et nous demande ce qu'on souhaite boire.

— Deux cocas pour nous.

J'aurais voulu du whisky dans mon coca, mais Toufik en a décidé autrement. El Mâalem nous rejoint suivi d'un serveur qui me regarde avec curiosité. Il dépose les verres puis me fixe en me souriant.

— Il a cru que j'étais pédé, lui ?

— Arrête, il fait son taf. D'ailleurs, ça fait quoi si t'es pédé ?

— Tu te fous de ma gueule, Toufik ? J'ai rien contre les gays mais qu'ils n'essaient pas de me draguer. Ça m'intéresse pas, moi ! Je préfère les femmes…

El Mâalem nous interrompt pour aller droit au but.

— Salim, ce soir tu vas rejoindre tes compagnons de voyage. Vous avez l'argent qu'il faut ?

Je sors lentement les liasses de billets. Concentré, il se met à compter. Le chahut semble avoir disparu pour lui, il est dans sa bulle. Les billets défilent entre ses doigts de plus en plus vite.

— 100, 200, 300, 400 000… Toufik, où est le reste ?

De quoi il parle, celui-là ? Étonné, je me retourne vers Toufik, et lui se contente d'un vague « t'inquiète, je m'en occupe ».

— Non mais c'est quoi ce bordel ?

Au lieu de me répondre, il tend une liasse de billets à El Mâalem.

— Tiens, 350 000 de plus. Comme convenu.

Putain… Il a osé ! Le peu de dignité qu'il me restait s'est envolé avec les magouilles de Toufik. 750 000 dinars la *harga*. Tu te rends compte du pactole qu'il rafle ? Des centaines de billets empochés pour un voyage qui peut être fatal. Je me sens trahi. Tout ça n'est qu'un leurre, et ils m'ont tous berné. Je ne suis qu'un abruti pour eux.

Je ne sais même plus où me mettre. Gêné, je fixe le vide, espérant sortir de cet endroit au plus vite sans jamais plus y revenir, ni revoir leurs sales gueules. Ils ne m'ont même pas laissé apprécier ce moment précieux et symbolique qu'était le paiement de mon voyage.

Le gros lard fume son cigare interminable et m'observe à travers ses lunettes de soleil. Ses yeux doivent être tellement défoncés qu'il n'ose même pas les dévoiler au monde. El Mâalem m'écœure. Il est sans doute convaincu que je suis un con qui se fait entretenir par un autre con. J'en veux terriblement à Toufik qui se contente de boire en silence. L'argent que je lui ai donné, j'ai dû l'économiser pendant des lustres alors que Toufik, lui, n'a pas fait le moindre effort pour le récupérer, si ce n'est faire un tour à la banque. La voilà encore, cette putain de vie de désillusionnaire. Tu penses pouvoir faire confiance aux gens, mais eux te considèrent comme une merde. Avec le temps, tu finis par y croire si fort que cette impression se transforme en réalité.

Le serveur revient nous emmerder. Il propose qu'on s'installe au bar pour boire un cocktail maison. Aussitôt dit, le *big boss* exige qu'on l'accompagne pour y goûter et faire connaissance pendant qu'il demande à une jeunette du cabaret de le rejoindre à sa table. En se levant, Toufik m'attrape par le bras.

— Lâche-moi, putain !

Il insiste :

— Non c'est toi qui arrêtes tes conneries. J'ai augmenté la mise pour qu'ils fassent attention à toi.

— La mise ? Tu te rends compte de ce que tu dis ?

— Oh, Salim…

— Et puis t'es con ou quoi ? Ils s'en foutent. On sera tous dans le même bateau. T'as cru qu'avec tes 350 000 de plus ils allaient me ramener un yacht ? Pourquoi tu me l'as pas dit avant ?

— Ah parce que t'aurais pu trouver l'argent en si peu de temps ?

— Tu me prends pour un incapable, c'est ça ?

— Écoute, Salim, je l'ai fait pour toi. J'ai pas envie qu'on se quitte en mauvais termes. Pour une fois, mets ta fierté de côté.

L'insolence de Toufik me fout en rage.

— T'aurais pu me prévenir quand on était en chemin.

— Je voulais te protéger.

— Le mal est fait…

Il me tend sa main en guise de pardon. Je l'accepte sans broncher. Pendant ce temps, le serveur nous observe. Je lui lance un coup d'œil agacé pour lui faire comprendre qu'il doit arrêter de me casser les couilles. Indifférent à mes signaux, il dépose plusieurs cocktails sur le comptoir et appelle El Mâalem qui se joint au groupe. Tout le monde boit en silence jusqu'à ce que le serveur lève son verre dans ma direction.

— Je trinque à ce pays qui m'a tellement forgé que j'ai dû le détester toute ma vie. À l'Algérie, que je vais quitter avec toi, mon frère. Santé !

Surpris, Toufik s'approche du type pour savoir s'il compte partir avec moi, celui-ci hoche la tête avec un grand sourire et poursuit :

— El Mâalem m'a parlé de toi, Salim. Moi aussi j'ai décidé de partir en solo. J'espère qu'on pourra s'entraider pendant ce voyage.

Blasé, je me retourne vers Toufik.

— T'as vu ça ? Il va venir avec moi, ce con.

— Arrête tes bêtises, bordel ! Serre-lui la main.

J'ai beau rester poli, je ne le sens pas, ce mec. Il ne m'inspire rien de bon. Je ne le connais pas. Le voyage, je veux le faire seul. Il a intérêt à me foutre la paix.

— Salim, pourquoi tu as décidé de partir ?

Putain, il me les brise.

— En quoi ça te concerne ? C'est indiscret.

— Je demandais juste... En plus, je voulais te raconter mon histoire.

— Eh bien... Je ne suis pas d'humeur !

— Au fait, moi c'est Omar.

5

La Villa des Andalouses ressemble à un cachot. On est un peu moins d'une dizaine, enfermés depuis quelques jours, et tous venus dans le but de traverser la Méditerranée, direction l'Espagne. Certains ont grandi dans le même quartier, d'autres ont étudié ou travaillé ensemble. On ne s'est pas présentés de façon solennelle, chacun reste dans son coin, recroquevillé sur lui-même. Il y a même un père et ses deux petits garçons. Je sens qu'il a honte de se retrouver dans cette situation et avec nous. J'aurais adoré le rassurer, le convaincre que cet acte le rend bien plus fort et respectable qu'il n'y paraît, mais lui reste dans le cellier avec ses enfants et ne veut parler à personne. Même si je ne connais pas les raisons exactes de son départ, je devine qu'il doit y avoir un lien avec sa femme. Peut-être qu'il veut la rejoindre ? Ou qu'ils se sont quittés ?

La pièce doit mesurer 40 m^2, il n'y a que deux fenêtres dont les volets sont bloqués de l'extérieur

– impossible de les ouvrir. Le premier jour, on n'était que deux avec Omar, le serveur ; les autres nous ont rejoints le lendemain. On nous a confisqué nos téléphones. Seul El Âssas, un gardien, vient nous distribuer de la nourriture. Il nous informe brièvement de ce qui se passe à l'extérieur en nous parlant du temps qu'il fait, de la pandémie et tout le tralala. J'ai l'impression d'être dans un asile de dégénérés – comme une petite Algérie compressée et masculine, où chacun ne se préoccupe que de son propre destin. Ici, c'est le temple des désillusionnaires, il n'y a que nous qui avons choisi de partir dans des conditions aussi lamentables. On y croise des jeunes qui, comme moi, ont gâché leur parcours de vie, des militants de la liberté de culte, des amoureux incompris, des rêveurs étourdis par la législation nationale et quelques suiveurs qui veulent juste partir pour avoir une meilleure vie. Chacun s'occupe à sa manière. Tous sont à moitié défoncés. Moi, je t'avoue ne pas avoir fumé, ni bu, ni gobé le moindre cacheton. Je n'ai pas été aussi sobre depuis des lustres. Tant que je ne connaîtrai pas le jour du départ, je ne me culbuterai pas le crâne.

Avant-hier, El Âssas nous a ordonné de garder nos questions pour nous en précisant que tout le monde partira quand la mer s'apaisera. Omar m'explique qu'en réalité, on n'est pas assez nombreux pour monter dans la barque et que le passeur préfère privilégier la quantité, histoire de récupérer plus d'argent pour acheter le moteur. Ils sont sérieux là ? Les 750 000 dinars de mon voyage permettent largement d'acheter un moteur, voire deux. Le fait de les voir préférer l'argent à la vie me révolte. En plus, Omar m'agace toujours autant, il est défoncé et ne fait que répéter la même chose.

— Écoute, Salim, ils nous sortiront d'ici quand on sera 15, ou peut-être 20.

— Ça fait déjà trois jours qu'on est dans ce trou. Les gens ne veulent plus se barrer d'ici ?

— Ils n'ont pas les moyens de se payer ce genre de *harga*. Nous, c'est une *harga* de luxe.

Quel imbécile ! Omar est complètement perché. Une *harga* de luxe, ça n'existe pas. C'est des conneries. S'il disait vrai, on ne serait pas en train d'attendre, enfermés dans cette maison aux toilettes bouchées, pleine de jeunes dépravés, bousillés par la vie, on mangerait de la nourriture digne de ce nom et les enfants ne dormiraient pas sur un matelas qui empeste. Une *harga* n'est pas prévue pour être luxueuse.

Moi aussi, je suis distant, je me recroqueville sur moi-même. Je me demande dans quelle merde j'ai bien pu me fourrer en choisissant de partir ainsi. Pourquoi on nous enferme dans cette pièce infecte ? Je vais devenir dingue. La folle envie de me défoncer avec les autres s'accroît, mais je dois tenir, rester stoïque. D'ailleurs, c'est de ça dont je te parlais quand j'étais encore à Alger ; le fameux mouvement philosophique, c'est le stoïcisme. Un soir, à Bab El Oued, j'ai rencontré un vieux journaliste un peu timbré mais passionné par la poésie de la vie. Il me disait que j'étais un stoïcien, mais que je ne le savais pas encore, parce qu'il fallait que je vive des choses qui me permettraient de m'en rendre compte. Je crois qu'on y est. Parce que je suis là, dans ce coin, je regarde les autres, emportés par les psychotropes et perdus dans un monde qui leur semble idyllique. Omar danse sur une musique *house*, il me fout la honte. À cause de lui, tout le monde va croire qu'on est un couple de tapettes. Certains jouent aux cartes ou aux dominos pour essayer d'oublier le présent. Ils profitent de leurs derniers jours dans un pays qu'ils ne reverront peut-être plus jamais. Moi, je ne bronche pas. Mon regard se noie dans le vide avant de croiser celui du papa solitaire. Il me fixe un moment, puis me fait signe d'approcher.

— Tu veux des biscuits ? J'en ai pris pour les enfants.

— Non t'inquiète, tonton, garde-les pour les petits.

— J'insiste, prends-en. On mange que de la merde ici.

J'en chope un pour ne pas abuser de sa gentillesse. Je le remercie et m'apprête à regagner mon coin mais il me retient.

— Je suis Kamel, et voici mes deux garçons. Samy et Yanis.

— Moi, c'est Salim.

— Je sais ! Toufik m'a beaucoup parlé de toi. C'est grâce à lui qu'on est là et qu'on peut partir.

Ils se sont rencontrés où ? Et qu'est-ce que Toufik vient foutre dans cette histoire ? Je savais qu'il me cachait certaines de ses magouilles mais je ne m'attendais pas à ça. Des gamins harragas, c'est la définition même du désespoir, ça ne devrait jamais exister. Alors pourquoi Toufik contribue à ce putain de fléau ?

Kamel farfouille dans son cabas et me tend un petit sachet.

— Tiens, prends ça. C'est Toufik qui me l'a donné pour toi. Il n'a pas osé te le remettre en personne, mais il y tenait beaucoup.

— Comment vous vous êtes connus ?

— J'ai été leur homme de ménage à une époque. Ses parents ont toujours gardé contact avec moi, ils me donnaient de quoi manger et des vêtements pour les enfants. Depuis le décès de ma femme, la vie ne m'a rien apporté de bon, je n'ai que mes deux petits monstres. Toufik, je l'ai vu grandir. Et depuis qu'il est au courant de notre situation, il remue ciel et terre pour nous sauver.

— Alors toi aussi, c'est ton ange gardien…

— C'est mon deuxième Dieu, ce garçon ! J'ai eu beaucoup de dettes et mes enfants ne pouvaient plus aller à l'école, il a fait en sorte de tout arranger, tout payer… Mais la vie dans ce pays n'est plus possible. Alors je lui ai demandé une dernière faveur, celle de me trouver un moyen de partir.

Je suis abasourdi par ce que je viens d'entendre. Kamel me tapote le dos en guise de réconfort, je le remercie et en profite pour lui avouer tout ce que je pensais de sa présence ici. Ému, il me serre la main comme pour me signifier qu'on est ensemble. Parce qu'on est deux désillusionnaires qui, malgré tout, tentent de changer la donne. Je regagne mon coin et décide d'ouvrir le sachet. J'y découvre de la devise en coupures de cinquante, 500 euros, plus du double de ce que j'ai. Un bout de papier est glissé entre les billets, c'est un mot de Toufik :

« Bon voyage, *h'bibi*, ne fais confiance à personne excepté Kamel. »

Je retiens mes larmes. Son message me touche, sa gentillesse m'émeut. Toufik nous a donné une chance et j'espère pouvoir le remercier un jour.

N'ayant pas de matelas, je ramasse un sac et des couvertures pour en faire un gros coussin. Je suis sur le point de m'allonger quand Omar vient s'asseoir près de moi en marmonnant.

— Omar ! Je pige rien de ce que tu dis. Bouge de là !

— Il… faut… il faut que j'te ra… Il faut que… que j'te raconte mon histoire…

— Dors ! Ce sera pour une autre fois. Et arrête de me coller !

Omar s'allonge sur le carrelage froid et sombre dans le sommeil, assommé. Le shit lui a détruit les neurones, c'est sûrement ce qu'il cherchait depuis le début.

Secrètement, je l'envie. Depuis des jours mon corps en demande aussi, mais pour le moment, j'ai juste besoin de me reposer en passant un semblant de bonne nuit.

6

Ça fait une semaine qu'on est dans ce trou à rats. On est sorti se dégourdir les jambes une fois grâce à El Âssas qui nous a laissés monter sur la terrasse, deux par deux, comme à l'école. Omar me colle toujours au cul et a décidé d'y aller avec moi. Une fois en haut, on s'aperçoit que la maison a les pieds dans l'eau avec une sorte de plage privée à laquelle on n'a évidemment pas accès. J'aurais aimé voir le grand tableau de la mer comme à Saint-Eugène, mais des branches d'arbres et quelques feuilles cachent le paysage. Je ne sais même pas si on va partir d'ici ou d'ailleurs, personne ne nous prévient de rien. Avec Omar, on s'est pris deux *garantitas* – les fameux casse-croûte à la farine de pois chiches –, des cigarettes et une petite canette de bière. Je sais ce que tu vas me dire, mais je n'en pouvais plus d'être sobre alors me voilà dans le même gouffre que tous les autres.

Tout en mangeant, Omar m'a vaguement raconté son histoire. Il était étudiant à l'USTHB, une université de la banlieue d'Alger. En parallèle, il essayait de mettre en place des projets sans que rien ne se concrétise. Autour de lui, personne ne parvenait à réussir quoi que ce soit. Son Algérie était aussi étouffante que la mienne. C'est à ce moment qu'il a commencé à fréquenter le monde de la nuit à Alger, puis à Oran. Les cabarets, les femmes, le raï et l'alcool, ça l'a totalement changé. Il a tout plaqué pour devenir serveur-barman pour El Mâalem, le patron du cabaret qui, d'ailleurs, a une grande réputation de *beggar*. C'est un arriviste qui a gravi les échelons grâce à de nombreuses combines. Pourtant, d'après Omar, cet homme a vécu un grand traumatisme en 1992.

Un matin, après avoir fermé son bar clandestin, il était rentré chez lui à pied dès la fin du couvre-feu et avait découvert la tête de sa sœur déposée à l'entrée de son immeuble. Elle avait été égorgée par des intégristes du FIS[1]. Après ce choc, il a disparu des radars pendant plus de trois ans – tout le monde croyait qu'il avait été assassiné. Depuis son retour, il ne veut plus entendre parler de Dieu, de foi ou

1. Front Islamique du Salut (parti politique).

de religion. Il clame que « l'amour et la vénération que les autres portent à Allah ont tué ma frangine, ma chair, mon sang, mon tout ».

Omar conclut en me disant qu'El Mâalem fait partie de ceux qui n'ont jamais cessé d'être qui ils sont, malgré l'obscurantisme de la décennie noire.

— Pourquoi il n'a pas décidé de partir comme nous ?

— El Mâalem déteste l'Europe, et l'Occident en général… Son combat est ici, en Oranie.

Omar a de l'estime pour son patron. Grâce à lui, il a pu vivre des moments festifs, éloignés de la rude réalité algérienne. Ces souvenirs n'ont pas de prix. Mais au fil du temps, le daron d'Omar a découvert le mode de vie de son fils et s'est démené pour le sortir de ce milieu. Il lui a proposé de lui payer ses frais de visa pour qu'il parte faire ses études à l'étranger. Sans succès. Lui aussi a connu les refus de plusieurs pays. Son père n'a pas abandonné, il a décidé de lui financer sa *harga* et a même rencontré El Mâalem en personne pour lui demander de prendre soin de son fils. Il s'est endetté pour qu'Omar puisse vivre une vie plus décente et, qui sait, plus heureuse.

Elle ressemble à ça, l'histoire d'Omar. Finalement, je me rends compte que c'est un bon gars. Tu te doutes bien qu'on s'est tous les deux retenus de pleurer. Parce que le désespoir, il n'a pas submergé qu'une seule génération ; c'est tout un pays qui est emporté par cette foutue tourmente.

Quand on est redescendus de la terrasse, on a trouvé deux nouveaux arrivants. Ils s'appellent Zak et Noor et n'ont pas l'air commodes. Omar a tout de même décidé de nous présenter pour qu'on soit des potes de traversée. Eux nous informent qu'ils se sont rencontrés en prison ; c'est des repris de justice et ils en ont clairement la dégaine. Des tatouages à l'aiguille, des cicatrices de mutilations sur le corps et des balafres au visage. Des têtes bien cassées, des allures de voyous. Ils nous ont raconté leur première tentative de traversée annulée à cause d'un moteur défaillant et puis, selon eux, il y avait trop de monde sur la *flouka*[1]. Noor nous a avoué qu'il aurait bien aimé en jeter deux ou trois à l'eau, histoire de se débarrasser d'eux et de leur prendre leurs devises. À ce moment-là, j'ai compris que ces mecs, soit tu les as dans ta poche et ils te laissent tranquille, soit tu décides d'être de bonne foi et tu risques le pire. Sans tergiverser, j'ai choisi la première option et leur ai laissé croire que j'avais un oncle qui pourrait nous

1. Radeau, embarcation de fortune (dialecte nord-africain).

loger, nous nourrir et nous trouver un travail une fois arrivés en Europe. Quand j'ai précisé qu'il était plein aux as, j'ai vu leurs yeux briller. Ils se sont sentis privilégiés et n'ont pas hésité à me prendre sous leur aile. Noor me file une cigarette et tend son briquet pour me l'allumer.

— Merci, mon frère. Avec nous, même le vent n'osera pas te toucher !

Après avoir échangé un peu sur la vie et ses aléas, Zak m'a demandé de lui présenter tous les autres. Je lui ai fait un tour, découvrant quelques prénoms en même temps que lui. Il s'est empressé de donner des surnoms à quelques-uns : « le Mineur », « le Pygmée », puis le dernier qu'il a appelé « la Balance » en prétextant qu'il a « une vraie tronche de balance et qu'on devrait tous s'en méfier ». Arrivés à l'autre bout de la pièce, devant la porte fermée du cellier, je lui explique que Kamel et ses deux gamins dorment ici et qu'il vaut mieux les laisser tranquilles. Noor nous rejoint, curieux de savoir ce qui se passe.

— *Wech*, Salim, y a des mômes derrière cette porte ?

— Ils gênent pas et ils parlent à personne, pas la peine de les déranger.

— Allez ! Moi, j'ai envie de leur faire une *boussa*[1] !

Noor se met à frapper à la porte.

— Ouvrez, les enfants ! Papa est là !

Pas de réponse. Les mecs ricanent et Noor demande à son acolyte de lui filer son couteau suisse. Zak obéit. La pièce devient d'un coup silencieuse. Je crois qu'on a tous compris la leçon sans même l'avoir réellement expérimentée. Être dans leur ligne de mire, c'est choisir de mourir avant même d'avoir pris le large. Ils essaient de défoncer la poignée en tapant dessus avec le couteau. Secrètement, je prie pour que Kamel finisse par ouvrir mais j'ai peur qu'ils s'en prennent aux enfants. Les minutes passent et les deux barjos persévèrent. Ils veulent forcer cette porte.

— C'est pour vous dire bonjour ! Allez, ouvrez, tout de suite !

On entend les pleurs des enfants et c'est à ce moment que je décide de réagir. Je m'approche des mecs en mettant ma drogue en évidence.

— Les gars, vous voulez pas du Tramadol plutôt ? Perso, j'ai envie d'me péter la gueule !

Rapido, les deux abandonnent leur distraction pour se tourner vers moi comme si je leur avais mis à disposition un breuvage divin.

---

1. Bise (dialecte algérien).

Et nous voilà sous cachets depuis deux jours. On a raclé les trois plaquettes que j'avais. Tout le monde a dansé en caleçon, somnolé les uns sur les autres et transpiré comme des chiens. Noor s'est même mis à fantasmer sur une fille qu'il prétendait connaître. Allongé sur le dos, les yeux fermés, il s'adressait à elle dans le vide :

— *Ya rabak*[1], t'es magnifique, viens, *omri*[2], viens !

Je l'observe, intrigué, et me demande comment ce débile parvient à bander sous drogue. Son excitation était si phénoménale qu'on a même dû l'empêcher de se branler devant nous. Je ne sais pas qui est cette nana, mais elle lui a retourné le peu de cerveau qui lui restait.

Entre-temps, quand je n'étais pas trop défoncé, je déposais de quoi boire et manger à Kamel et ses gosses. Après l'incident avec Zak et Noor, ils se font encore plus discrets. J'ai essayé de les sauver à ma petite échelle, je ne voulais pas que ces deux brutes leur fassent du mal. Kamel ne mérite pas ce qui lui arrive, il a beaucoup d'amour à donner à ses enfants,

1. Oh ton Dieu ! (Expression courante en Algérie, utilisée lors des moments nerveux ou joyeux.)
2. Mot affectueux, signifiant « ma vie, mon tout ».

ils sont son avenir. Grâce à eux, il pourra peut-être bénéficier d'une aide en Espagne ou en France. J'imagine la gêne qu'il doit ressentir de devoir se coltiner des attardés. La honte, le chagrin et la désillusion qu'il ressent d'imposer ces moments à ses garçons doivent le ronger au plus haut point.

Noor n'a pas l'air gêné. Il semble avoir oublié sa petite performance, ou peut-être qu'il fait comme si de rien n'était. Il appelle toute la smala à se réunir pour parler de la traversée. Malgré son caractère de merde, il est le plus entreprenant du groupe. Quelques jours lui ont suffi à vouloir faire bouger les choses, contrairement à nous qui sommes restés passifs et endormis face à une situation injuste.

— Bon, écoutez-moi ! On est tous ici pour partir, même si moi, j'ai zéro pitié pour vous. Vous avez choisi d'être des déchets de la société, c'est Dieu qui donne ! Moi, je suis pas comme vous pour plusieurs raisons mais, vas-y… Flemme de déballer ma vie, *wallah* !

Zak l'interrompt :

— Va droit au but, Noor. Explique-leur !

— OK. Mon frérot Zak et moi, on s'y connaît en business de *harga*, donc faites confiance, hein ! Quand le gardien viendra, on lui saute tous dessus ! On n'a pas payé pour rester dans une taule mais pour acheter le matos nécessaire et voyager avec un passeur. Vous êtes des couilles molles ou quoi ?

Avant d'intervenir une seconde fois, Zak sort une lame de sa gencive et nous explique d'un simple geste que ce sera avec ça qu'il menacera El Âssas.

— On va lui faire comprendre qu'il doit nous emmener voir un moteur. C'est le deal qu'on a imposé à El Mâalem mais ce porc, aghh… Il ne pense qu'au flouze ! Alors on va se démerder avec le passeur.

Tout le monde hoche la tête. Cette fois, c'est certain, Zak et Noor sont les chefs de bande.

Pour t'expliquer cette histoire de moteur, il faut savoir que le 150 chevaux est l'idéal pour la traversée. Beaucoup de harragas décident de partir seuls, eux se débrouillent pour avoir un 40 voire un 50 s'ils ont assez d'économies. Nous, on a une vraie équipe d'organisateurs et on a payé une blinde. Nos deux leaders ont déclaré la guerre pour qu'on puisse enfin se barrer d'ici. À tout prix.

7

On est toujours bloqués ici, sur la Costa, entre Oran et Mostaganem, mais grâce au plan machiavélique de Zak et Noor, les organisateurs ont cédé. Depuis une dizaine de jours, on vit de chaleur et de lumière, bronzette et clopinettes, zetla et saroukh, raï et espoir, fantasmes et illusions. On mange à nos aises, on se drogue encore plus que d'habitude, on n'arrête pas de rêver malgré notre impatience ! El Âssas a gardé quelques traces de la querelle qu'on lui a planifiée ; des coupures au niveau du visage et une plaie à l'épaule.

Cette histoire a failli virer au drame. Heureusement, on est arrivés à contrôler la situation – on a eu du bol parce qu'il était seul et sans arme. Je t'épargne les détails trop glauques, j'aimerais pouvoir effacer ce souvenir de ma mémoire et faire comme si de rien n'était.

Depuis qu'on est libres de nos actes, El Âssas ne nous quitte pas d'une semelle. Ça peut te paraître étrange de savoir qu'ils cloisonnent de pauvres mecs qui veulent seulement partir, mais les expériences passées leur ont prouvé qu'il ne faut jamais faire confiance aux potentiels harragas. Beaucoup de taupes s'amusaient à renseigner la police, qui s'empressait d'arrêter tout le monde en mettant ainsi fin au business. Depuis, ils ne prennent plus de risques ; chaque groupe reste uni jusqu'à la fin, jusqu'à l'arrivée. Ou jusqu'à la mort.

Entre-temps, nous, on passe de villa en villa, elles sont toutes aussi sordides que celle des Andalouses. De toute manière, je t'avais bien dit que ce n'était pas un luxe de voyager comme on le fait – les gens qui se plaignent des trois heures d'attente à l'aéroport ne se rendent pas compte de la chance qu'ils ont. Nous, on supporte comme on peut même si on a tous l'impression que ça fait une éternité qu'on nous retient dans ce patelin. Celui que Zak a nommé le Pygmée a comparé ce qu'on vit à un enfer sur terre en ajoutant que « si ça se trouve, même Satan a dû prendre la fuite en voyant tout ce qu'on subit ici ».

Moi, je suis tout de même heureux de ne plus être enfermé entre quatre murs et, plus que tout, d'avoir accès à la mer. Elle est déchaînée ; impossible de s'y baigner, encore moins d'y naviguer. On se contente de se poser près du bord en attendant que le passeur arrive avec le moteur qu'on a exigé.

Omar m'apporte une bière bien fraîche, je remarque que son corps maigrichon contraste avec son ventre rempli de levure. Je le taquine un peu :

— T'es tombé enceinte et tu m'as pas dit ? Félicitations !

— *Wallah*, t'as vu mon bidon, je vais finir par accoucher ici. Je voulais le droit du sol pour mon gosse moi.

— Ça n'existe plus ça ! Ton gosse restera un *âarbouch*[1].

— Ahhh, mais t'as compris ! C'est plus stylé s'il y a une adresse espagnole ou française sur sa pièce d'identité.

Il en profite pour me proposer timidement si j'étais partant d'aller en France avec lui. Je fais mine d'être surpris.

— Pourquoi tu me demandes ça ? En plus tu rougis.

— Moi ? Mais, non... T'es vraiment fou !

— Je plaisante. Évidemment, frérot, je suis partant. Toi et moi, on va conquérir le monde entier !

Il m'enlace et me chuchote qu'il n'imaginait pas rencontrer un frère pendant ce périple. En fait, moi

1. Un petit Arabe (dialecte nord-africain).

non plus. Je prévoyais de rester seul, dans mon coin, mais les choses ne se passent jamais comme prévu, n'est-ce pas ? Omar et moi sommes maintenant amis. Je sais que je peux lui faire confiance. On entrechoque nos canettes de bière pour trinquer à la vie qu'on désire mener.

Pendant ce temps, Zak tape l'incruste avec une derbouka et tout le monde décide de se prêter au jeu pour mettre un peu d'ambiance. Tout le monde, sauf Kamel qui reste en retrait. L'un des gars du groupe avance vers le petit Samy pour danser avec lui. Le gamin attrape sa main et commence à sautiller avec lui en riant. Tout le monde applaudit et forme un cercle autour d'eux. Mais soudain, Kamel surgit et pousse violemment Zak.

— Qui vous a autorisés à parler avec mon fils ! Qui ?

Le son de la derbouka s'étouffe.

— Vous avez intérêt à ne plus le toucher, ni le regarder, ni l'approcher ! C'est aussi valable pour Yanis, mon autre fils !

Il attrape brusquement Samy qui se met à pleurer puis regagne son coin en continuant de crier :

— Mes enfants ne sont pas comme vous, ils ne le seront jamais. Vous m'entendez ? Jamais ! Bande d'enflures.

Zak est sur le point de riposter mais Noor s'interpose rapidement. Il le chope par la taille en lui murmurant quelques mots qui le calment aussitôt. J'aurais aimé aller raisonner Kamel, mais il ne m'aurait jamais laissé lui adresser la parole. D'après moi, il a poussé le bouchon un peu trop loin. Son fils s'amusait bien, c'était inutile d'en faire tout un drame. Ça fait des semaines qu'on s'emmerde tous et là, on essayait juste de se détendre et se défouler un peu.

Après une petite sieste à l'ombre, El Âssas vient nous annoncer que le passeur est là. Enfin. Il nous emmène le rencontrer à l'entrée d'un parking avec Zak, Noor et Omar. Sa voiture est cabossée de partout, traficotée avec du scotch. Une R4 rouillée, rayée, mal entretenue. Le type pue le tabac froid et paraît tout frêle, mais son assurance me rassure un peu. Pour tenter de briser la glace, il se présente :

— Habib, trente-six ans, diplômé en *harga* depuis dix ans et grand concurrent de la Guardia Civil. Ravi de vous connaître, les jeunes.

Personne ne réagit, on est juste exténués. Tout ce qu'on veut, c'est voir le matériel. Habib ouvre la malle et nous demande de l'aider à porter le moteur. Lorsqu'il le déballe, on se rend compte que c'est un putain de 80 chevaux. En fait, tout le monde se fiche de notre gueule. On ira où avec cette *tertoura*[1] ? J'ai envie d'insulter ce passeur en carton, lui et toute sa descendance. On paie une blinde pour espérer avoir un service digne de ce nom, mais les galères s'enchaînent constamment.

Après la fatigue, c'est la montée de nerfs. Omar exige un remboursement, Zak le menace avec sa lame, Noor a envie de lui démonter la gueule. Moi, je reste calme, je respire un coup et me roule un petit joint. Même si ça me dégoûte de ne pas partir avec un moteur 150, j'en ai ras le bol de tout. Qu'ils ne me fassent pas trop chier avec leurs caprices, j'en peux plus. Comme on dit, *Allah ghaleb*, on se contentera de ce que Dieu nous a laissé. Je connais des mecs qui ont pu aller de Boumerdès à Napoli avec un 50 chevaux. Je veux me barrer d'ici. Youcef, Lotfi et Abdou croient peut-être que je suis mort, je n'ai aucun moyen de les contacter et tant qu'on ne part pas, on ne nous rendra jamais nos téléphones. J'empêche Noor d'ouvrir sa gueule en pointant mon index près de son visage.

— OK, Habib. Si on le prend, on part quand ?

Les autres m'observent de travers. Je reste stoïque.

1. Mot signifiant qu'un objet est cabossé, abîmé ou cassé (dialecte algérien).

— C'est un bon moteur, il n'y a que ça sur le marché... On pourra partir dans quelques jours !

— Je veux une date précise.

Il jette un œil sur son téléphone, serre les lèvres et me répond sans me regarder.

— Dans quatre jours, la mer sera calme.

— Donc on part le 30 ?

Il hoche la tête et me tend la main que je serre machinalement. Omar, Zak et Noor suivent sans broncher, ce qui m'étonne. L'arrivée d'El Âssas trouble cet étrange moment. Il doit être ravi de savoir qu'il sera bientôt débarrassé de nos sales races.

— *Mabrouk, mabrouk*[1] *!* Ça y est, vous allez bientôt partir, *n'challah* !

De retour sur la plage, on annonce notre prochain départ aux autres qui hurlent de joie. Je vois que Zak se fraye un chemin entre les mecs qui gigotent, il se dirige droit vers moi.

— La prochaine fois, c'est moi qui négocie.

— Mais, *kho*, il n'y aura pas de prochaine fois. Tu vas pouvoir partir, c'est la bonne ! En plus, j'ai fait une formation en mécanique, s'il y a un problème je pourrai réparer le moteur.

---

1. Félicitations ! (Langue arabe.)

Il me lance un regard noir, bien plus sombre que la nuit, celui qui ne prédit rien de naïf. D'accord, je ne connais foutrement rien à la mécanique. Mais, tu sais, il faut apprendre à mentir pour se protéger de certains individus. En tout cas, Zak a quelque chose qui le ronge, et ça me fait peur. J'ose espérer que je ne suis pas la cause de son envie de ravage.

Même si je cache ma joie, je suis soulagé que tout se concrétise enfin. Mon esprit enclenche machinalement le bouton « *mute* ». Le boucan produit par les cris de mes camarades de voyage n'existe plus. Je m'en éloigne, je quitte leur monde pour retrouver le mien. Je m'assois sur le sable, serre les genoux contre mon torse et pose le menton sur mes avant-bras. La mer m'enveloppe et m'emmène dans une sphère de pensées lumineuses. Elle est là, en face de moi, sans doute pour la dernière fois. Longtemps, elle a su m'amadouer en me murmurant des mots que jamais personne n'a daigné m'adresser. Et c'est pour ça que je suis là. L'air marin me caresse le visage, je le sens sur mes paupières. L'odeur de l'iode me monte à la tête – un bouquet de fraîcheur, une senteur presque aérienne, que je n'échangerais pour rien au monde. Je suis prêt. Je le sens dur comme fer, et j'ai saisi le truc. La mer est ma seule putain d'échappatoire. C'est aussi mon seul grand amour. Et c'est mon tour. Plus que quatre jours pour la conquérir en tentant de ne pas s'oublier, de ne pas succomber à ses charmes, de ne pas couler et tout détruire.

II

LA HARGA

8

Il est bientôt minuit. Les lumières de la maison s'éteignent, nos pupilles se dilatent. Tout le monde se dirige lentement vers la sortie, en silence. Depuis quelques jours, l'Algérie est sous couvre-feu de 18 heures à 6 heures. Je crois qu'on a du bol de partir en pleine pandémie. Pas de garde-côtes, pas de danger. El Mâalem et son équipe ont envoyé trois voitures qui vont nous conduire à Port-aux-Poules. C'est de là-bas qu'on partira. El Âssas nous rend nos téléphones puis nous serre la main un par un en répétant « *n'challah kheir* », comme un automate. Je ne le porte pas dans mon cœur, mais j'ai senti une petite émotion quand il m'a, entre autres, souhaité bonne chance. Ou alors je me fais peut-être un film, et c'est seulement moi qui suis ému. Je dois être dans le déni de quelque chose, j'ai la sensation de ne pas trop réaliser ce qui m'arrive.

On grimpe dans les voitures à l'aveugle, et je me retrouve avec Kamel, ses enfants et le Mineur.

Le chauffeur nous salue et commence à taper la discussion. Lui aussi a une folle envie de partir. Il nous raconte qu'il est encore en train d'économiser, que c'est une vraie tannée de brûler les frontières et qu'aujourd'hui ça coûte de plus en plus cher de se barrer d'ici. Comme à son habitude, Kamel reste taciturne, moi, je me contente de lui lâcher quelques onomatopées, histoire de ne pas le laisser parler dans le vide. J'aimerais qu'il se taise. J'ai besoin d'une balade mentale pour me retrouver avec mes pensées, le temps du trajet. Les heures à venir vont me marquer à vie, mais il y a toujours un connard qui te déballe ses problèmes. Le Mineur, avec qui je n'ai jamais eu l'occasion d'échanger, en rajoute une couche en nous expliquant comment il a récolté l'argent du voyage.

— J'ai vendu les téléphones de ma mère, ma sœur, quelques bijoux que j'ai trouvés à la maison. Puis j'ai voulu vendre la télévision mais ça faisait trop. Alors j'en ai chopé une pour la revendre. C'était une grosse télévision hein ! Grâce à ça j'ai même pu m'acheter une belle paire de TN. C'est une *falso*[1], mais *wallah*, quand vous la voyez, elle brille de mille feux !

À ce moment, Kamel intervient :

1. Fausse.

— C'est très grave ce que tu dis. T'oses voler ta propre mère ? Ce gamin n'a honte de rien !

Du coup, plus personne n'ose parler, même le chauffeur s'abstient de nous raconter ses intentions de départ. Il me reste quelques minutes pour penser en paix à la première personne qui me vient à l'esprit, Abdou. J'aurais adoré qu'on fasse la traversée ensemble. Mais comment est-ce qu'il aurait supporté toutes ces nuits atroces en compagnie de ces aliénés ? Il a sans doute bien fait de rester et, contrairement à moi, de ne jamais vouloir partir – pas de cette manière en tout cas. Quand je pense à Abdou, l'image de Mama me frôle forcément l'esprit. Pour éviter ça, je décide de sortir mon téléphone. Je n'ai pas eu le temps d'installer ma nouvelle puce, alors je me contenterai d'écouter une ancienne playlist. Je mets mes écouteurs et lance, encore une fois, l'aléatoire. Ce sera *Dounia* de Soolking. La musique me conforte dans l'idée que les signes existent. Ce son, je l'écoutais en boucle quand je commençais à planifier mon départ. Je crois que tout était écrit.

Dounia tous les jours me charme
Telle une femme à qui je donnerais mon âme
Avec elle j'accumule les ennemis
Avec elle j'accumule le haram

Dounia, c'est l'Algérie que je suis en train de quitter. Celle qui m'a bercé sur une assise bien trop bancale, celle qui m'a fait grandir avant l'heure, celle qui m'a forgé aux coups de poing. Pourtant, j'aime Dounia d'un amour inconditionnel. Et tu sais quoi ? C'est pour ça que je m'en sépare, parce que cet amour est nocif, il me brûle à petit feu. L'Algérie est une femme splendide trahie par sa beauté. Alors pour mieux l'aimer, il faut la quitter. Mes pensées se mêlent aux paroles de Soolking.

La misère m'assassine
Et la richesse me fascine
Oui les deux c'est pas facile,
Faut que j'reste lucide

Tout ce qu'il dit résonne en moi. Ici, l'amour est en pénurie, il est à sens interdit. Alors, t'es là, tu partages tes tribulations avec ceux qui vivent dans la même dèche que toi. Tu rêves d'opulence et de trucs qui n'ont aucun sens. Entre Dounia et moi, c'est une histoire de haine amoureuse. J'adore la détester pour tout ce qu'elle m'a enlevé et tout ce qu'elle n'a jamais su m'offrir. Pour tenter de trouver le sublime qui réside en elle, je dois m'enfuir.

Algérie mi Amor
Wladek getôo l'bhour[1]
Ils ne craignent pas la mort
C'est la fierté d'abord

Il est temps de se sauver, de partir…

— Salim ! Tu fous quoi ? On est arrivés !

Omar a surgi de nulle part. Il trouble ma réflexion en toquant sur la fenêtre de la voiture, ouvre la porte en un rien de temps et m'aide à enfiler mon sac à dos. J'étais tellement à l'ouest que je n'avais pas remarqué que les autres étaient déjà sortis. On y est, putain ! Mes écouteurs s'entremêlent avec la bandoulière, je les arrache trop brusquement. Ils sont cassés.

— Merde, merde et merde !

— Oh, on s'en fout. Tiens attrape ça ! Je te ramène l'autre.

Il me file un jerricane d'essence, m'en rapporte un second et me demande de suivre notre passeur Habib qui marche en tête. On traverse un bois en transportant essence, sacs à dos, glacières et bouteilles d'eau.

1. Tes enfants ont traversé les mers.

Au bout d'une centaine de mètres, on arrive à Oued El Hammam, une rivière qui nous mènera directement vers la mer. On la longe en silence jusqu'à ce que Habib nous arrête sous un pont.

— Pour ceux qui n'ont pas eu le temps de faire leur grosse commission, c'est maintenant ou jamais !

Quelques-uns décident de se faufiler derrière des buissons, Omar et moi restons ensemble. Il me regarde avec insistance puis m'annonce que le pont est en fait la vieille route nationale qui lie Oran à Alger.

— T'as pas une voix dans ta tête qui te dit que rien n'est encore joué ? Qu'on peut toujours rebrousser chemin ?

Je lève les yeux et secoue la tête avec mépris.

— Oh ça va, *kho*… Je te taquine, c'est tout.

Il ne me taquine pas et il le sait. Au contraire, il est très sérieux. Parce que moi aussi, j'ai cette voix dans ma tête qui me dit que je peux encore rentrer à la maison. Je peux décider, là, maintenant, tout de suite, de tout abandonner. Mais toi et moi savons que je n'oserai pas. Par fierté, par dédain, ou par envie d'avoir l'audace de foncer droit dans le mur. S'il le faut, je disparaîtrai des radars, je mourrai en mer, mais jamais au grand jamais je ne rentrerai bredouille, ce serait un trop grand échec. La *harga* n'est pas une rêverie avortée. Pas la mienne en tout cas. Je ne céderai pas à la tentation du retour, je suis là pour foutre le camp et j'en ai rien à battre des conséquences.

— Omar, on va pas se défiler maintenant… On va y arriver. Toi et moi, on ira à Paris et on réussira notre pari.

Une larme coule du coin de son œil. Il l'essuie vite et se justifie sans me laisser le temps de le consoler.

— J'ai pris deux petits Lyrica avant de partir. C'est… C'est rien. T'inquiète.

Omar a décidé de naviguer sous psychotropes, je crois que c'est pour fuir la réalité. Ça me fait de la peine pour lui.

Il s'éloigne avec ses deux bidons d'essence et devance le groupe pour rejoindre Habib qui nous fait signe de reprendre la marche. Moi, j'attends que tout le monde passe devant, j'ai besoin de vivre un dernier moment en solitaire. Je pense fort à ma mère et lui demande pardon.

L'eau de l'oued fusionne avec le sable, ce qui crée une sorte de sol mouvant. Mon pied est coincé, je n'arrive plus à me relever. C'est peut-être un dernier signe qui me dit que je dois rentrer à la maison. Mais je n'abdiquerai pas. J'appelle Omar qui revient vers moi, dépose ses jerricanes et me tire de toutes ses forces pour me sortir de ce bourbier.

— Décidément ! L'Algérie veut pas que tu partes !

— Elle ne m'aura plus. Allez, on s'casse d'ici !

On rejoint les autres sur la plage El Mactaa. Pendant que Habib commence à installer nos affaires sur le bateau, j'aperçois le Range Rover du *big boss*. Toujours accompagné de son videur qui boude, El Mâalem vient nous faire ses adieux.

— Ah, les jeunes, je suis heureux de vous offrir cette opportunité !

Comme tu peux le voir, il a toujours autant de culot. Il ne nous a rien offert, non. Il nous a séquestrés, enfermés, confinés et maltraités.

— Avant de vous saluer, j'aimerais procéder à un vote collectif. Vous êtes partants ?

À ce moment, Zak et Noor s'approchent de lui. Omar rapplique en rigolant.

— C'est quoi, ce bordel ? On va devenir présidents de la *harga* ?

El Mâalem se moque de lui à son tour.

— Toi, président ? Hé ! J'en doute fort, mon petit, tu es beaucoup trop gentil.

Il allume son cigare puant avant de nous expliquer la situation. Il y a quelques jours, Zak et Noor ont expliqué à El Âssas qu'ils étaient trop nombreux pour monter sur l'embarcation. Il fallait donc procéder à l'élimination de deux personnes qui partiront au prochain voyage. El Âssas a donc transmis le message à El Mâalem qui a été convaincu par leurs arguments. Selon eux, un moteur de 80 chevaux ne supporterait pas une dizaine de personnes, leurs provisions et les bidons d'essence. Pour tenter de le convaincre, ils n'ont pas hésité à mettre en avant leur expérience en *harga*.

En fait, tout était déjà planifié. El Mâalem poursuit :

— Zak et Noor nous ont fait part de leur peur d'échouer une énième fois. Vous savez tous qu'ils ont déjà passé six heures en mer pour faire quelques dizaines de kilomètres et qu'ils ont été obligés de retourner au point zéro. Je ne veux pas que cela se reproduise, alors vous allez voter un à un en me donnant les noms de deux personnes. Alignez-vous !

À ma grande surprise, tout le monde semble prêt à jouer le jeu. Moi, je reste sans voix, je crois qu'on a atteint un stade de désespoir que seuls les désillusionnaires peuvent comprendre.

— Allez, n'ayez pas honte. Deux noms, au pif !

El Mâalem se rapproche de Noor en tête de file, il donne son choix sans une once d'hésitation :

— Kamel et ses deux petits. Pour moi, c'est les plus vulnérables.

Zak fait pareil, Omar aussi. Le Pygmée, le Mineur, la Balance, tout le monde suit le mouvement. Impuissant, j'observe Kamel qui berce Samy contre lui. Il sanglote. Kamel pleure comme un homme n'a jamais pleuré. Il est dans l'impossibilité de réagir, son fils dort profondément. Il nous regarde avec désespoir. Qu'est-ce qu'il doit penser de nous ? Sans doute qu'on est des mecs incapables, immondes, mauvais, déloyaux, excessifs, insensés, froussards, irraisonnables, tordus, mesquins, hasardeux. Des salauds d'individualistes, des peureux, des charognards, des vauriens, des ordures, des sales types, des vicieux, des débauchés, des dépravés, des voyous, des corrompus, des bouffons, des psychopathes, des drogués, des enragés, des hystériques, des déséquilibrés… Des putains de sous-merdes.

Puis vient mon tour de voter. El Mâalem attend ma réponse. Je m'emporte :

— Quoi ? C'est pas assez pour toi ? Ça ne te suffit pas, la putain de majorité ?

— Je crois à la démocratie, mon petit Salim. Vote !

J'ai envie de le démonter ce *halouf*[1]. Il me force à donner des noms que je ne veux pas donner. À lui

1. Porc.

seul, cet homme représente toute l'Algérie que je déteste. Il est possédé, fou furieux. Il sait parfaitement ce que je vais dire. Tout le monde le sait. Même toi, hein ? Tu le sais déjà bien assez, que je suis un traître. Je suis abject. Des mecs comme moi, t'en as déjà croisé plein. Tu les juges. Tu les méprises. En fait, tu les ignores, tu te moques bien de leur foutue existence. Parfois, ils te font peur. Mais putain, regarde ! Regarde ce qu'ils sont obligés de faire, ces mecs-là ! Ils abusent de la gentillesse de leurs semblables, volent la place de ceux qui la méritaient bien plus qu'eux. Ils ne font que mentir et décevoir. Ils bernent les plus naïfs, chagrinent les plus fragiles et détruisent le monde qui les entoure. Regarde ! Regarde bien ! Moi aussi, c'est ce que je fais.

— Kamel et ses enfants…

— Eh bien bravo ! Toufik sera ravi d'apprendre ton vote.

El Mâalem. Ce fils de pute. Si mon destin n'était pas entre les mains de ce proxénète, je me serais fait un plaisir de dénaturer sa tronche.

Kamel reste immobile mais ses larmes en disent davantage. Le patron lui demande de le suivre. Il s'exécute, sans broncher. J'aurais préféré qu'il m'insulte de tous les noms, qu'il me dise que je suis un putain de vendu. Mais Kamel n'est pas comme moi.

9

Ça paraît tout de même un peu absurde de se dire que la dernière fois qu'on touche la terre algérienne, c'est pour prier de ne plus jamais y poser les pieds. On se met en ligne ; la *salât*[1] commence. Je tente de me concentrer et m'apprête à demander à Dieu d'accepter mon pardon. Il m'a donné une chance de rattraper mes conneries, mais je n'ai fait que m'enfoncer dans leur gouffre. Qu'est-ce que je vais bien pouvoir lui baratiner ?

À ma droite, Zak a l'air de supplier plus fort que les autres. Il est très investi et ne se rend pas compte qu'il parle à voix haute. Il doit avoir très peur d'Allah. Comme moi. On s'amuse bien sans penser aux conséquences et c'est seulement quand on se rend compte de nos fourberies qu'on tente l'impossible pour être lavés de nos péchés. Par curiosité, je prête attention à ce qu'il dit : « Ma, ne pleure pas. Prie

1. Prière.

pour moi et c'est tout. Cette fois-ci, ce sera la dernière tentative. Si ça ne fonctionne pas, c'est que Dieu ne le voulait pas. » J'étais loin de me douter que je trouverais un soupçon de tendresse chez lui. Ce qu'il a fait à Kamel est impardonnable, même si j'admets ne pas avoir été meilleur sur ce coup. T'imagines le ricochet que je me serais pris si j'avais donné d'autres noms ? Sérieux quoi, j'aurais passé une sale traversée. Je me voyais déjà balancé en pleine Méditerranée alors, oui, j'ai préféré être une ordure.

Après la prière, on se dirige rapidement vers la *flouka*. En attendant que les autres grimpent, Omar se rapproche de moi et, discrètement, me file un canif.

— Vite. Cache-le dans ta manche.

Mon frère Omar, c'est vraiment un brave type, il a tout planifié. Notre amitié avec le reste de l'équipe n'existe pas vraiment, elle est dissimulée et totalement fausse. Alors, mieux vaut prévenir que guérir.

Nous voilà à bord. Je plonge ma main dans l'eau, me rafraîchis le visage puis prends une grande inspiration. Une forte odeur d'essence me monte à la tête. Le moteur démarre, on prend le large. Habib paraît concentré pendant que nous autres restons immobiles. Personne ne bronche, aucune agitation à l'horizon. Chacun prie en secret de son côté. Cette fois, c'est pour de vrai. Sans réfléchir, je récite tous les versets que je connais, je les confonds, les inverse et les déforme. Tous mes sens se bousculent, et pourtant, je suis loin d'être défoncé.

Le bruit du moteur ponctue la traversée, je commence à m'y faire. On navigue dans un néant de brume et d'obscurité, ça me terrifie. J'ai l'impression que la nuit ne s'en ira jamais. Cette fois, je voudrais que le soleil apparaisse, au plus vite ! Face à l'étrange vertige qui se mêle à ma peur du noir, je décide de me mettre un plaid sur la tête en prétextant que j'ai envie de dormir. J'essaie de faire le vide. J'entends quelques voix qui émergent petit à petit, elles se confondent avec le ronflement du moteur. Me voilà bercé par cette inattendue combinaison sonore. Je bâille et mes paupières s'alourdissent jusqu'à m'engourdir dans une sorte de sommeil particulier. Je dors à moitié en essayant de rester à l'affût.

Les heures passent lentement. Au bout d'un moment, j'ouvre les yeux et retire la couverture de ma tête. Excepté moi, personne n'a dormi. Tous sont subjugués par le spectacle qui s'offre à nous. La côte oranaise est derrière, ses lumières ne sont plus que des petits points lointains. Au-dessus, des milliers d'étoiles brillent dans un ciel noir dominé par la lune. Grâce à son éclat, on voit plus clair. Je crois que je pourrais regarder là-haut jusqu'à me briser la nuque. J'en profite pour prier encore et envoyer des pensées aux quelques personnes susceptibles de me laisser une petite place dans leur cœur ; Mama, Abdou, Lotfi et Youcef. Dans le même temps, je vois Noor changer de place avec Habib qui veut s'adresser à nous. Il hausse le ton pour que tout le monde puisse l'entendre.

— On a évité les garde-côtes et, à vrai dire, je ne sais même pas s'il y en avait. Le jour va commencer à se lever. Dans un moment, on ne verra plus la côte, rien, on sera entourés d'eau.

Il farfouille dans son sac et sort un GPS Garmin – c'est une sorte de boussole étanche qui définit notre position avec exactitude. Ce gadget coûte une blinde ; c'est lui, notre vrai sauveur. Un petit point rouge clignote sur l'écran, il s'écarte peu à peu du golfe d'Arzew, tout comme nos esprits qui se détachent progressivement de l'Algérie. Nos corps s'égarent en pleine mer pendant que le ciel s'éclaire lentement. Le crépuscule laisse place à l'aube. La petite smala se met à chanter *Babour Ellouh* de Ouled El Bahdja.

Maraniche kader nahmel hed laâdab
We z'man rahou itoul aâliya
Li n'dirha taâkessli
Pourtant tekhmam swab
Impasse, lemîicha hadiya
Wenqoul khlass,
Wel ghelta nâawed en'dirha mille fois
Taâmer rass,
Houwa sbabi dar âliya la loi

Je n'arrive plus à supporter cette fatigue
Le temps s'écoule lentement
Tout ce que j'entreprends échoue
Pourtant, l'idée est bonne
Cette vie est une impasse
Alors je dis stop
Mais je refais la même erreur mille fois
Puis je me drogue
C'est mon problème, c'est ce qui fait la loi

Seuls. C'est ce que nous sommes au milieu de cette mer sereine et imperturbable. Au moment du refrain, nos mains applaudissent au rythme des paroles, nos regards admirent le panorama et nos voix s'amplifient.

Khalini nrouh, qalbi majrouh
Khalini nrouh fi babour ellouh
Khalini nrouh, qalbi majrouh
Khalini nrouh fi babour ellouh

Laisse-moi partir, mon cœur est blessé
Laisse-moi partir dans le radeau
Laisse-moi partir, mon cœur est blessé
Laisse-moi partir dans le radeau

10

Le désespoir nous a poussés à quitter une terre. L'espoir nous donne envie de débarquer sur une autre. À défaut d'être arrivés, on se contente de chanter ensemble pendant que le bateau avance sur cette eau calme. Quelle chance on a ! On se sent libres ! Pour immortaliser ce délicieux moment, je démarre une vidéo en selfie avec mon téléphone. Zak me dit d'avancer au bout du bateau pour avoir une vue d'ensemble. Au premier plan, il y a ma tête fatiguée et en second, tous les autres qui gueulent, chantent, prient et saluent leurs proches en leur adressant de mini-dédicaces.

— Yemma, Baba, désolé de vous avoir menti, on arrive en Espagne ! Bientôt, vous viendrez nous visiter, *n'challah* !

On n'a jamais été si joyeux depuis notre rencontre. La flamme de nos illusions a été ravivée, le départ est un rêve qu'on est en train de réaliser, parce que la *harga* est désormais bien réelle. Habib nous informe qu'on a déjà parcouru soixante-dix kilomètres et qu'il nous en reste cent vingt pour arriver à Almería. La peur s'est transformée en une joie intense, exquise, spectaculaire. La vidéo continue de tourner pendant qu'on rit et chante à tue-tête.

— Regardez comme la mer est belle ! Regardez le soleil ! *Hamdoulah*, Dieu est avec nous !

On a l'impression d'être des enfants prodiges qui bravent la mer et qui, en l'espace de quelques heures, ont déjà conquis le monde. Zak et Noor sortent des chandelles de feu d'artifice, ils les allument et les lancent vers le ciel. Boum ! Moment jouissif. Chaque tir nous fait jubiler. La mer nous appartient.

Habib fait une pause pour remettre de l'essence et reposer le moteur. On en profite pour manger un bout. Dans la glacière, il y a quelques dattes, des sardines en conserve, du pain à la semoule et quelques bouteilles d'eau. Noor en profite pour nous avouer que Zak et lui ne sont jamais arrivés jusque-là. Ils sont visiblement très fiers de leur exploit.

— *Wallah*, merci, Habib. T'es le meilleur !

On le remercie tous. Habib est un excellent passeur. Je lui prépare un petit sandwich pour lui donner des forces et m'installe à son côté. Je veux savoir comment il s'en sort à chaque traversée.

— À vrai dire, j'ai souvent fini au commissariat ou en centre de rétention. Au bout de trois jours, ils me laissent partir et je fais le trajet inverse. On a de la chance parce qu'ils ne nous reconnaissent pas. Je crois qu'ils voient tellement de têtes d'Arabes qu'ils ne savent plus faire la différence !

— Le retour, tu le fais aussi en bateau ?

— Oui, et je ne voyage jamais avec mes papiers.

Zak s'incruste dans la conversation pour lui demander de nous expliquer la procédure avec la Guardia Civil.

— Les jeunes, si vous avez de la chance, vous ne passerez même pas par là. Je connais une crique qui n'est quasiment jamais surveillée. Si on nous chope avant, on devra passer quelques jours dans un centre de rétention. Mais ne vous inquiétez pas, ils vous relâcheront vite.

— Hé ! *Choufou*[1] *!* C'est quoi là-bas ?

Le Mineur pointe du doigt l'horizon où est apparu un bateau. Habib jette le reste de son sandwich et redémarre aussitôt.

— Tenez-vous bien et baissez-vous ! C'est la marine espagnole.

1. Regardez ! (Dialecte nord-africain)

On navigue aussi vite que l'éclair. Ma peur surgit d'un coup. Cette fois, ce n'est pas le noir. J'ai peur de l'humain. Mon stoïcisme fait en sorte qu'aucune émotion ne puisse transparaître. Je m'efforce de les cacher à travers mes expressions faciales, mais les battements de mon cœur résonnent partout en moi. Je suis en effervescence totale. Habib contourne l'itinéraire en orientant la *flouka* vers le nord-est. Il tente de nous rassurer :

— C'est rien, les jeunes ! On va les empêcher de nous choper.

Serrés comme les sardines en boîte qu'on vient de manger, on est allongés les uns contre les autres dans l'attente d'un dénouement favorable. Est-ce que la marine va nous signaler aux garde-côtes espagnols ? Est-ce qu'on va s'en sortir sans passer par le centre de rétention ? J'en sais foutrement rien. On est terrorisés. Notre euphorie n'est plus qu'un souvenir. Sans transition, on est passés du rire aux larmes. Évidemment, elles restent intérieures, on n'osera jamais les révéler aux autres. Parce que cette fierté de merde, elle nous hantera jusqu'à notre dernier souffle.

On finit par lever la tête pour scruter l'horizon ; le bateau de la Guardia n'est plus dans notre champ de vision. Je demande à Habib si on peut s'arrêter le temps de nous remettre de toute cette merde, pisser un coup et se rouler un joint.

— OK, rapidement. Profitez-en pour jeter vos papiers.

— Hein ? On les jette ici ?

Zak et Noor disent ne pas avoir de papiers depuis longtemps. Omar fonce tête baissée, il jette son passeport et sa pièce d'identité en mer : « Avec ou sans visa, moi j'me tire de là ! » Les autres l'acclament puis suivent le mouvement comme à leur habitude. Moi, j'hésite encore.

— C'est trop dur, *wallah*.

Zak essaie de me piquer le passeport des mains.

— Donne. J'vais l'faire pour toi, *kho*.

Décidément, il n'arrêtera jamais de me faire chier.

— Allez ! Donne.

Il parvient à me l'enlever.

— Zak, s'il te plaît. Rends-moi mon passeport.

Pour éviter toute altercation, j'essaie de lui parler gentiment. Noor lui fait signe de me le rendre sur-le-champ. Je les remercie et leur tourne le dos pour méditer quelques secondes en gardant les yeux fermés. Mes mains tremblantes lancent le passeport. Quel supplice. J'y jette un œil et l'aperçois en train de couler, il disparaît dans le ventre de la Méditerranée.

Ça y est. Salim Mohamed Hamdi, né à Soustara le 10 janvier 1995, n'est plus. Un passeport vide, sans visa, perdu dans les profondeurs de la mer. Je n'ai plus d'appartenance. Je ne serai qu'un harraga de plus. Un marginalisé, un oublié. Ou, comme le dit Noor, un « déchet de la société » déchu de toute nationalité. Il ne reste plus que mon esprit et mes souvenirs. Tout le reste, je l'ai désormais abandonné.

11

La fatigue me monte à la tête pendant que planent ceux qui ont opté pour la défonce. Je n'ai plus mes papiers, et ça me ronge. J'aimerais faire demi-tour, plonger au fond de l'eau pour chercher tout ce qu'il me restait de mon identité officielle. Je regrette d'avoir cédé à cette clause du harraga. Même s'il est sans visa, ce passeport me liait à l'Algérie. Le jeter est une injure envers le pays qui m'a vu naître et grandir, c'est comme si je brûlais son drapeau. T'imagines faire ça un jour, toi ? Peut-être que tu aurais lancé ta paperasse en premier ? Ou alors, tu aurais prétendu que tu n'en avais pas sur toi... Merde, pourquoi je n'ai pas pensé à ça ?

Mes réflexions me paralysent l'esprit. Le groupe reste silencieux, tout le monde est épuisé. Omar hallucine, Zak ronfle profondément et Noor rêvasse. Évidemment, moi, je suis en manque. De repos, d'amour, de famille, de sommeil, d'ivresse et de drogue. Beaucoup de drogue. Toutes les drogues.

Habib semble toujours aussi concentré qu'au début du voyage. Il tient fermement sa boussole et observe l'horizon. Sentant mon regard posé sur lui, il m'adresse une moue qui m'alarme un peu. Alors que je tente de comprendre ce qui se passe, il me fait signe d'approcher. Il me chuchote :

— Salim, je ne veux pas m'avancer, mais j'ai l'impression que le moteur est en train de lâcher.

— Quoi ? T'es sérieux ?

Il me demande de me rasseoir et de la boucler. Les autres somnolent, il ne veut pas les affoler pour rien.

Je me concentre sur la vitesse du radeau qui diminue. Il est en train de ralentir progressivement puis s'arrête en quelques secondes. Omar sursaute comme s'il sortait d'un cauchemar, il bâille un coup, plisse les yeux et me demande si on fait une pause. Je ne lui réponds pas. J'aurais aimé lui conseiller de regagner la réalité de ses rêves, parce que, désormais, c'est bien plus terrible. Habib avait raison, le moteur nous abandonne en pleine mer. Il annonce au groupe qu'on est bloqués et qu'on ne démarrera peut-être plus. Toujours dans les vapes, Noor ne se rend pas compte de ce qui se passe.

Si on a pris ce moteur, c'est à cause de moi, et je crois qu'on est sur le point d'en payer les conséquences. Omar s'emporte, il gueule, ce qui éveille la curiosité de ceux qui étaient encore calmes. Leur colère se déchaîne, j'ai peur qu'ils me lynchent. Ils m'humilient tous, l'un après l'autre. Je ne sais plus où me foutre. Puis Zak se lève en ordonnant aux autres de reprendre leur place.

— Calmez-vous ! Salim a fait une formation en mécanique. Il va nous sortir de là.

Mais qu'est-ce qui m'a pris de lui mentir ? Je n'y connais rien du tout. C'est sûr, Dieu est en train de me punir pour tout le mal que j'ai fait aux gens qui ne le méritaient pas. À commencer par Kamel que j'ai abandonné, Toufik que j'ai berné et mes proches que j'ai délaissés. Je m'approche de Zak et lui balbutie quelques mots pour essayer de dire la vérité.

— J'ai… pas fait… fait la… mécanique. Dé… désolé. Désolé, *kho*.

Révolté, Zak ouvre grand les yeux. De toutes ses forces, il me colle une droite phénoménale.

— T'as voulu jouer les caïds en prenant ta décision seul, hein ? Et en plus t'oses me mentir ?

Encore une.

— T'es un gros fils de pute ! Voilà c'que t'es. T'as menti pour ton oncle aussi, c'est ça ?

Zak ne se gêne pas pour m'en donner une dernière pour la route.

— J'vais t'niquer, Salim. J'vais te tuer !

Ma joue est paralysée. Je crois que mon visage saigne. Je ne bouge pas. De toute façon, j'ai nulle part où aller. Le pire, c'est que je ne sais pas me battre, encore moins sur un bateau qui tangue. Tous me lancent des regards de haine. Ils m'en veulent et je suis leur bouc émissaire. Zak m'attrape par le col et se tourne vers Noor.

— Qu'est-ce qu'on fait ? On l'balance ?

Noor nous regarde sans répondre. Il semble détaché de ce qui nous arrive. Zak insiste :

— Hé ! J'te parle !

— On est foutus, Zak. Alors pour une fois, fous-moi la paix !

La réponse de son acolyte ne convient pas à Zak. Il veut se débarrasser de moi. Il approche son visage du mien et me tient par le cou.

— Dommage que tu n'puisses pas voir ta sale gueule de mythomane. Je t'avais prévenu de ne pas prendre de décision à notre place.

Il va me jeter en pleine mer. Personne ne m'aidera à remonter. Ils vont m'abandonner. Zak commence à me serrer le cou.

— Tu nous as tous entubés !

Zak continue de me serrer de plus en plus fort.

— Tu vas l'payer cher !

J'ai du mal à respirer, les larmes me montent aux yeux. Je ne tiens plus debout, je vais tomber. Zak va me tuer.

— T'as trahi tout l'monde, en fait ! Nous, Kamel et ses enfants. Même ta famille !

Le monde s'arrête autour de moi. Qu'est-ce qu'il connaît de ma famille ? Sa voix n'est plus qu'un fond sonore qui ne cesse de répéter que j'ai trahi ma famille. Moi, je ne comprends pas. L'image de ma mère me vient soudainement à l'esprit. Je la vois assise. Elle pleure et, comme à son habitude, me demande de lui pardonner.

Mama est là, en face de moi, je veux la serrer dans mes bras. Ses pleurs se confondent avec la voix menaçante de Zak. Je crois que je suis en train de mourir. Mama, tu m'entends ? Je vais partir. Elle ne me regarde plus, ses larmes coulent. « Salim. S'il te plaît, pardonne-moi, mon fils. »

— Mama, ne pleure pas.

Je la vois se lever, elle disparaît. Mama n'est plus là. Elle est partie avant moi. Mon cœur bat la chamade. Une bouffée de chaleur m'envahit. Zak me répète que je suis un traître. Je l'entends.

— T'as trahi tout l'monde ! Même ta famille !

Là, je n'en peux plus. Je suffoque. Sa présence m'oppresse et ses mains autour de mon cou m'asphyxient. J'aurais préféré mourir sans souffrance. Je bouillonne de l'intérieur et j'ai mal partout. Personne ne réagit. Tout le monde semble terrorisé. Alors, de ma manche, je sors discrètement le canif que m'avait donné Omar. Je regarde droit dans les yeux Zak qui ne cesse de brailler et me fait de plus en plus mal. Avec le peu de force qu'il me reste, je lui plante le bout du couteau dans l'avant-bras. Il hurle de douleur. Je respire enfin. Je ne pense qu'à aspirer l'air dans mes poumons. Je me fiche de savoir que Zak a le bras en sang, que ma mâchoire est cassée et que je risque le pire après ce geste. Je ne vénère qu'une seule chose, l'air que je respire. Je peux enfin souffler. J'allais mourir, j'allais partir. Zak était sur le point de me tuer.

Habib se décide enfin à réagir et nous supplie de nous calmer. La colère et la peur de la mort ne doivent pas nous emporter.

— *Barakat*[1] ! Rasseyez-vous ou le bateau risque de couler. Notre priorité est de soigner Zak et Salim, puis on cherchera une solution pour le moteur. C'est la faute de personne. L'essentiel est qu'on arrive à bon port. Allez, au boulot !

Omar vient s'occuper de moi. Il m'étale de la bétadine sur le visage et me présente ses excuses :

1. Ça suffit !

il regrette d'avoir réagi de la sorte. Je ne suis pas d'humeur à papoter. J'ai la joue enflée et j'ai mal à mes blessures. Zak hurle. Au moment où on lui arrache le canif, il se déchaîne contre moi.

— Je vais l'tuer. Vous m'entendez ? Je vais le détruire, l'égorger de mes propres mains !

Noor ne réagit toujours pas. C'est étonnant. Il semble trop désespéré pour aider son ami. Alors que tout le monde finit par se calmer, Habib essaye de comprendre ce qui cloche. D'après lui, il n'y a pas de problème avec l'essence, le moteur paraît solide et il va falloir le laisser au repos pendant au moins une heure avant de tenter un démarrage.

— Au lieu de vous faire du mal comme des imbéciles, je vous conseille de prier pour que le bateau ne parte pas à la dérive. C'est une question de vie ou de mort ! Compris ?

12

Deux tentatives, et toujours rien. On aura bientôt perdu trois heures. Le temps a endormi les plus fragiles dont Zak qui a ingurgité les drogues qu'il avait sous la main. Le soleil est haut et la mer scintille pendant qu'on brûle à petit feu. Habib essaie de rassurer ceux qui s'inquiètent le plus.

— Au pire, on envoie un SOS à l'Espagne.

Il a raison. On ne va pas avoir le choix. Je jette un œil sur le GPS – on n'avance pas mais on reste tout de même dans la bonne direction. Le courant est de notre côté. Omar a pissé du sang, et le pire c'est qu'on est bientôt à court d'eau. Comment on va faire, putain ? Qu'est-ce qui va nous sortir de là ? L'un des mecs du groupe pète un plomb. Il saute sur Habib, le repousse brutalement et essaie de démarrer le moteur.

— Aidez-moi ! Il faut qu'on y arrive ! Si on appelle à l'aide, ils nous rapatrieront en Algérie illico !

Impossible de le calmer. Il est en train de détruire le peu de capacité de survie qu'il nous reste.

— Amenez-moi de l'essence, s'il vous plaît !

Habib intervient :

— Ah non ! Pas d'essence. Le réservoir est à son maximum, si on dépasse la quantité requise on ne pourra plus tirer la corde de démarrage.

Noor observe la scène, il a mauvaise mine. Dépité, il demande qu'on envoie le SOS.

— T'as fait ce que tu pouvais, Habib. On va mourir ici. Vas-y, donne-leur notre localisation…

Les autres s'enflamment. Ils refusent d'abandonner. Certains se permettent même d'engueuler Noor, prétextant qu'il était leur chef. C'est vrai qu'on a tous pris Noor pour notre chef. Inconsciemment, on s'est dit qu'il pouvait nous sortir de là, mais lui n'a pas de superpouvoirs. Maintenant, il a perdu espoir. Il quitte son coin et exige que les autres se décalent pour venir me parler.

— *Khoya*, Salim. T'as fait ce qu'il fallait faire.

— De quoi tu parles ?

— Ce qu'il s'est passé avec Zak.

— Ah, je…

— Il va te respecter, maintenant. Il te croyait faible.

— Quoi ? Ça n'…

Il ne me laisse pas en placer une.

— C'est comme ça qu'on a gagné le respect des anciens quand on était en prison. On devait blesser quelqu'un physiquement et mentalement, et il fallait le faire de n'importe quelle manière. Alors crois-moi ou non, mais Zak ne te dérangera plus.

J'étais sur le point de lui répondre quand Omar bondit en nous informant qu'il a peut-être trouvé la faille.

— J'ai pas envie de vous donner de faux espoirs, mais on doit commencer par ausculter les connexions électriques du moteur.

Noor se moque d'Omar.

— Tu te prends pour un médecin toi ?

J'interviens :

- Arrête ça. Il faut essayer !

Omar a mal à la vessie et ne peut pas trop bouger. Il se tourne vers moi et me confie qu'il a suivi quelques cours de mécanique à la fac.

— J'étais pas au courant de ta discussion avec Zak, sinon je lui aurais expliqué que, moi, je m'y connaissais vraiment. Mais maintenant, tu ne dis rien aux autres, j'ai peur d'en payer les conséquences si mon idée foire.

Je suis surpris et en même temps, je me rends compte à quel point Omar est un mec en or. Je lui promets qu'on rira de cette situation dans quelques jours et le laisse prendre les choses en main. Sans bouger de sa place, il leur donne les instructions à suivre.

— Bon, il faut démonter le moteur. On doit vérifier le démarreur, l'alternateur, les bougies et la batterie.

Habib arrache la capsule et suit à la lettre toutes les indications d'Omar.

— Ça y est. Maintenant on fait quoi ?

Il lui demande de vérifier si les connexions ne bougent pas. Habib ne comprend pas grand-chose mais s'efforce d'obéir avec les moyens du bord.

— Tout a l'air normal, Omar.

— T'en es sûr ? La batterie est de quelle couleur ?

— Elle paraît légèrement rouillée, quelques fils le sont aussi.

— La batterie est oxydée. Il est là, le problème. La présence d'acide a endommagé notre moteur. On doit enlever toutes ces traces, sur la batterie et sur les cosses.

Tout le monde s'étonne de l'expertise d'Omar. Habib déchire un bout de son T-shirt et frotte une première cosse. Il a beau essuyer de toutes ses forces, l'oxydation s'estompe beaucoup trop lentement. Tout ça risque de nous prendre des heures…

Cet arrêt nous semble interminable. Omar crève de soif, il se met à boire l'eau de mer. Le Mineur, qui le voit faire, décide d'ingurgiter quelques gorgées qu'il recrache sur son voisin. Une baston manque de se déclencher mais Zak se réveille et réclame qu'on lui explique ce qui se passe. Les autres s'exécutent et lui, comme d'habitude, nous méprise au plus haut point.

— Vous devriez plutôt dormir au lieu de récurer le bateau ou boire cette eau salée. Vous êtes dégueulasses, c'est quoi votre problème ?

Une fois de plus, il l'ouvre pour rien, j'aurais dû lui enfoncer le canif dans la bouche.

— Pour votre batterie, mettez de l'alcool non ? L'alcool résout tous les problèmes de la vie. Et s'il vous reste un fond, buvez-le !

Il se rendort aussitôt en bafouillant des propos incompréhensibles. Mais selon Omar, le conseil qu'il a donné était amplement suffisant.

— Putain ! Ce couillon l'a dans le mille ! Ça pourrait peut-être fonctionner avec de l'alcool. Qui en a ?

On fouille dans nos sacs à la recherche d'un soupçon d'alcool.

— Tiens, c'est cadeau !

Noor sort une fiole de vodka. Il prend une gorgée et la file à Habib qui se met à astiquer la batterie en y mettant toute son énergie. On le regarde faire jusqu'à ce qu'Omar réagisse.

— Inutile de te fatiguer. L'alcool doit imbiber le tissu. Laisse reposer quelques minutes avant de recommencer à frotter.

Dépités d'attendre, on scrute l'horizon en espérant que cette technique puisse porter ses fruits.

— Je crois que ça marche, elle reprend sa couleur !

On se retient de hurler de joie parce que le plus dur reste à venir. Habib nous suggère de prier une dernière fois. Moi, j'en ai marre de ne penser à Dieu que quand je suis dans la merde jusqu'au cou, j'ai constamment honte de ça. Je fais semblant de réciter quelques versets et attends le verdict final.

Le moteur est prêt à l'essai. Pendant que tout le monde se met en position, des vagues commencent à se former. Si la mer se déchaîne et que ça ne fonctionne pas, la Méditerranée nous avalera. Tu sais, moi, je préfère m'attendre au pire. De toute façon, le monde n'aura rien perdu si l'on disparaît à jamais. Habib s'apprête à tirer la corde.

— À trois, je tire.

Allez, fais-le, qu'on soit fixés. Il attrape la poignée, prend de l'élan et allonge le bras. Une fois, rien. Deux fois, non plus.

— Oh mon Dieu, sors-nous d'ici.

Il fléchit ses jambes, prend la poignée des deux mains et s'apprête à tirer une troisième fois.

— Allez ! Allez ! S'il te plaît !

On entend le clapotis des vagues. Il tire plus fort. L'eau est en effervescence. Habib amène la poignée vers lui avec plus de puissance et là, miraculeusement, le moteur démarre. C'est l'euphorie. On rugit ! Certains s'empêchent de sauter de joie pour éviter un autre problème technique. Tout le monde remercie Omar en lui baisant le front. Habib pleure d'émotion. On a du bol, on va pouvoir reprendre la traversée. Pas de SOS ni de rapatriement en perspective. À nous l'Espagne. À nous la liberté.

13

Je ne le voyais pas comme ça, ce voyage. Mes rêveries ont altéré la réalité. Je m'étais imaginé une grande mise en scène avec une attraction particulière entre la mer et moi. Eh bien, il n'en est rien. Tout a disparu. Il ne reste qu'un étrange sentiment doux-amer. Les désillusions qui s'enchaînent me confirment que ma place sur terre aurait dû être cédée à un môme qui le méritait plus que moi. Je suis mal en point. J'ai le cul coincé entre une sorte d'euphorie fictive et un profond écœurement. Je pense à Kamel, Samy et Yanis. J'aurais dû les laisser grimper sur cette barque. Pourquoi est-ce que je n'ai pas échangé ma place contre la leur ? Observe-nous. Vois la pâleur de nos visages. Nos cernes ressemblent à des poches dans lesquelles sont condamnées toutes les larmes qu'on s'est interdit de verser. L'individualisme, c'est nous. On ne pense qu'à nos gueules. Il faut arrêter de croire qu'on est ensemble. Ici, c'est chacun pour soi, et Dieu, lui, a d'autres préoccupations. Mais qu'est-ce qu'il nous arrive, putain ?

— Hé, les jeunes ! Vous la voyez ?

Habib nous montre l'Espagne. On voit la Costa au loin, elle paraît minuscule. Comme pas un, on tire nos téléphones en utilisant le peu d'ardeur qu'il nous reste pour gueuler comme des apaches en immortalisant notre extraordinaire approche. Je ne pense plus à rien, je ne vois que mon avenir, là, en face. Le bout du tunnel, la lueur d'espoir, la réalisation d'un rêve, le goût de la liberté. Bordel, tu te rends compte ? On va pouvoir souffler. On l'a fait ! Quelle extase. Noor nous donne le signal pour chanter une dernière fois. Je leur suggère *Roma wala n'touma*. Noor approuve.

— Oh ! T'es un sentimental toi. Vendu !

Les plus jeunes ne connaissent pas la chanson, mais ils suivent les paroles que Noor et moi fredonnons. Habib se joint à nous, puis tous les autres.

Ya l'bahri lah yehdik
Haragni âlik m'louma
Fel kala nakhroj m'l'Afrique
Roma wala n'touma
Ya l'consul lah yehdik
Ghir werqa âlik m'louma
Visa nakhroj m'l'Afrique
Roma wala n'touma

Ô Marin, que Dieu te guide
Je te demande de me faire fuir
Dans la cale je sortirai de l'Afrique
Plutôt Rome que rester avec vous
Ô consul, que Dieu te guide
Je ne te demande qu'un papier
Un visa pour sortir de l'Afrique
Plutôt Rome que rester avec vous

Habib nous confie qu'il adore ces moments – ça lui donne le sentiment d'avoir accompli sa mission. Il nous en demande une autre, la dernière avant d'arriver près de la baie espagnole. Sans hésiter, on clame haut et fort *Bahre Tofane*. Elle marque la conclusion d'une ère qui nous a consumés et parle de nos mères qu'on a, malgré nous, abandonnées.

Ntia li âtitini el courage
W'dâawi l'khir rafedhoum aâlik
Bahre tofane edani dommage
W'machi gherdi ana nbakik
Ya yemma
Maktoubi win dani
Bin el amwaj rmani
Sabra w'dmouâak aâlach

C'est toi qui m'as donné le courage
Tu m'as couvert d'implorations
Le déluge de la mer m'a emporté, dommage
C'est pas mon objectif de te faire pleurer
Oh Maman
Où m'a conduit mon destin ?
Il m'a jeté entre les vagues
Tu es patiente, à quoi serviront tes larmes ?

Les paumes de nos mains sont rouges à force de frapper sur les rebords du radeau. Cette chanson, elle provient du fin fond de nos cœurs. *Bahre Tofane* nous renvoie aux racines auxquelles on a renoncé, à nos fondamentaux qu'on a négligés.

On est à quelques kilomètres de la côte et pourtant, je sais qu'on ne pense qu'à une seule chose. On pense tous à nos mères qui pleurent et regrettent d'avoir échoué à leur mission en tant que parente. Pourtant les seuls fautifs, c'est nous. On déserte nos foyers pour tenter de chercher quelque chose d'abstrait, on rêve tous d'une réalité qui n'existe que dans le pays des autres. D'ailleurs on y est, chez ces fameux autres. Plus que quelques centaines de mètres avant d'arriver au bord d'une plage d'Almería. Le ciel est d'un bleu sublime, il ressemble à celui d'Alger. Tout le monde observe le paysage avec attention, on se réjouit de cette victoire.

Certains acclament la mer et son bleu azur, les roches, le soleil et la verdure. Moi, je me retourne une dernière fois pour saluer l'horizon marin auquel je vais peut-être tourner le dos pour toujours. Noor m'a cramé.

— *Wech*, tu vois les fantômes de la mer ?

— Non, je saluais juste tout ce que j'ai laissé derrière moi.

Il n'a pas l'air de vouloir en savoir plus, il se contente d'un « OK » et se rapproche de son allié. J'adresse une dernière pensée à Alger comme pour m'auto-convaincre que je n'oublierai jamais rien d'elle et de tout ce qui la compose. Voilà plus de quinze heures que je l'ai quittée. Et hormis quelques personnes que je rayerai volontiers de mon esprit, je ne veux rien effacer de ma mémoire.

La *flouka* approche vers le bord. Habib joue au guide et nous présente l'endroit.

— *Bienvenidos en la Playa del Barronal !*

La terre de la liberté est sous nos pieds. Excités, on saute tous de la barque. Je m'agenouille, puis m'incline pour remercier Dieu de m'avoir permis d'arriver ici sain et sauf. Omar fait de même et embrasse les galets. La plage est vide, elle ressemble à un petit coin de paradis. On prend nos téléphones pour filmer le paysage. Je n'en ai jamais vu d'aussi transparente – à Alger, l'eau est noirâtre, pétrolisée, presque funèbre. Habib éteint le moteur et s'empresse de s'éloigner en nous conseillant de faire de même. Son travail s'arrête là et, par précaution, il préfère quitter les lieux au plus vite.

— Pour sortir, vous devez passer par le chemin où il y a des arbres, ce sera plus prudent. Vous trouverez une petite route de cailloux, longez-la, suivez les plaques et vous aboutirez à Almería. *Yallah*, bon courage à tous !

Je le remercie pour sa patience et le bénis pour sa gentillesse. Pendant qu'on entame notre marche avec toute l'équipe, on aperçoit Zak et Noor au bord de l'eau. Ils détruisent le moteur avec des pierres. Omar et moi les observons avec mépris.

— Putain, heureusement qu'on les verra plus, ces deux-là !

— Je te jure, ces mecs sont un danger public.

On les laisse à leurs vaines occupations pour emprunter la route que nous a recommandée Habib.

J'ai l'impression de me retrouver sur une autre planète, il n'y a que de la roche et quelques buissons. À bout de souffle, on escalade une colline avant de se dégotter un petit coin tranquille au bout de notre ascension. Les autres préfèrent continuer leur route. Ils nous souhaitent bon courage et nous serrent furtivement la main avant de disparaître. Omar s'assoit à l'ombre et se roule un joint avec les quelques miettes de shit qui lui restent. De mon sac à dos, je sors mon nouveau survêtement, ma nouvelle paire de baskets et ma gourmette que j'avais soigneusement rangés. Quand j'enlève mes chaussures, je me rends compte que mes pieds sont défoncés. J'ai des cloques, des rougeurs et un ongle incarné. Je ne m'en étais même pas rendu compte. Omar avale sa fumée de travers et tente de la recracher en toussant.

— Putain ils ont quoi tes orteils ?

— J'en sais rien…

Il ricane.

— Toi, cette *harga* t'aura défoncé de la tête aux pieds !

C'est le cas de le dire. Il éteint son joint et file se changer à son tour.

— Waouh, Omar, t'as la classe !

— Je t'avais dit, *kho* ! Une *harga* de luxe sans police aux alentours.

Notre voyage débute pour de vrai. On profite de l'instant présent en admirant la mer qu'on vient de traverser, comme des grands, comme des champions, comme des putains de gagnants.

— Alors, Salim, on commence par quoi ? On va se reposer ? Draguer de belles Espagnoles ? Se démonter la race ? À ta guise.

Je lui ai répondu que je n'en sais trop rien, que je n'ai pas sommeil et que je veux juste me sentir exister et, si possible, le partager avec lui. Pour toujours.

— Allons là où le vent nous mène, mon frérot !

Lui comme moi avons l'impression de renaître de nos propres cendres. Une nouvelle vie s'offre à nous et, tu sais quoi, on compte en profiter pleinement ! Pour une fois, on va goûter à l'abondance du bonheur, le savourer jusqu'à la dernière goutte. Longtemps, la misère nous a couvés, elle nous a tyrannisés en nous gardant dans sa tourmente. Il est temps de la broyer en jouissant de tout ce qu'elle nous a extirpé pendant toutes nos putains d'années d'existence. Ne t'inquiète pas, l'euphorie et la joie de vivre sont désormais entre nos mains. Omar et moi, on va se charger de le révéler au monde.

III

MADAME COURAGE

14

Tout est sinistre dans cette pièce, tout paraît lugubre, sans doute parce que la vie l'est. Il n'y a pas le moindre signe de vie, excepté le cri des oiseaux de temps en temps. J'ai dérobé quelques comprimés de Madame Courage et les ai cachés dans mon caleçon. Je la dévore quand l'envie me prend. Grâce à elle, je suis là. Je suis en vie malgré le chagrin que j'endure chaque nuit. Trois cachetons, ou quatre, en l'espace d'une soirée. Je t'avoue que, parfois, j'en gobe sans trop compter. Quand je me rends compte qu'il ne m'en reste plus, je demande à voir le garde pour tenter de l'amadouer. S'il me laisse rendre visite aux autres détenus, je procède aux négociations. Je troque des clopinettes contre quelques substances. C'est là que le spectacle commence.

Laissez-moi tranquille, ce soir j'ai pris Madame Courage
Laissez-moi mourir, après tout ce que j'ai vu à mon âge
Laissez-moi souffrir, la vie a pris mon cœur en otage

Tu me croirais, toi, si je te disais que je ne veux plus jamais revoir la mer ? Elle me souffle des pensées que je n'arrive pas à contrôler. La mer me consume, elle me rappelle tout ce que je regrette. Longtemps, j'ai été son enfant, mais si j'avais su que la vie allait être aussi difficile ici, je lui aurais demandé de m'emporter avec elle vers d'autres rivages, ou vers le fond.

Je ferme les yeux et revois ce paysage, ce ciel étoilé, cette *flouka*, puis je pense à mes compagnons de traversée. Qu'est-ce qu'ils deviennent ? Et Kamel ? Est-ce qu'il m'en veut encore ? Toufik doit sûrement être au courant de ma trahison.

J'ai toujours le petit mot qu'il avait glissé dans les billets.

« Bon voyage, *h'bibi*, ne fais confiance à personne excepté Kamel. »

Je le garde dans ma poche pour me souvenir que je n'ai pas tenu ma parole. J'ai déçu Toufik, je le sais parce qu'il n'a jamais daigné m'appeler. Cette histoire me hante, j'y pense en permanence sans parvenir à l'extraire de mon esprit.

Pire qu'un désillusionnaire, je suis en train de réaliser que je deviens un vaincu. Je suis un perdant perdu dans une geôle sinistre et oppressante en plus de l'être dans mes pensées.

Le jour de notre arrivée à Almería, on a pris une chambre d'hôtel en soudoyant le réceptionniste pour éviter de présenter nos pièces d'identité. Mais manifestement, la bénédiction du Dieu qu'on implore avec des faux-semblants n'a pas duré longtemps. Les flics nous ont réveillés à l'aube, en sursaut. C'est à cet instant précis qu'on a compris que l'équipe de l'hôtel nous avait jetés dans la fosse aux lions.

On a d'abord été conduit au commissariat. Menottes, fouille corporelle, anale, coups dans la gueule et abus de pouvoir. La totale. Dans mon esprit, j'ai pensé « *maâlich*[1], tous les harragas l'ont vécu avant moi, je sortirai dans quelques jours ». Foutaise ! Ils ne se sont pas gênés pour nous transférer à Málaga, au centre de rétention de Capuchinos. On a été inculpé pour faux et usage de faux, tout ça à cause d'une bourde dont je n'étais même pas coupable. De fausses pièces d'identité ont été découvertes dans les affaires d'Omar. J'ai réclamé un avocat, tenté des recours. Rien. Aucune réponse. Alors pour m'évader, je me suis contenté de la défonce.

1. Ce n'est pas grave (dialecte algérien).

Triste est la surface, sombre est l'intérieur
Vivre les cauchemars, les rêves restent inférieurs
Dans la gueule du loup, dans la cage du lion
Ni force pour m'en sortir, ni partage d'union

Ici, j'ai rencontré un tas de mecs comme moi. La plupart viennent d'Algérie ou du Maroc. Ils accueillent tout le monde à bras ouverts et sont très soudés. Aucun d'entre eux n'aime donner de détails sur sa traversée. Tous disent qu'ils viennent seulement voir du paysage et s'aérer l'esprit : « Moi ? Je suis venu en touriste ! » Ils ne mentionnent la *harga* que dans leurs chants, lorsqu'ils sont bien éméchés. Madame Courage illumine nos soirées. Sans elle, je ne sais pas ce que je serais devenu. Ses effets m'apportent l'oubli. Amnésie profonde ; je suis le roi du monde.

Mais l'apogée ne dure pas longtemps et le moment de la descente surgit plus vite que prévu. La vie reprend son cours. Le paysage grisâtre et la pâleur de ma peau forment un duo de choc. Celui de l'amertume et de la désillusion. C'est à ça que se résume ma vie. Ainsi que la leur.

Pour respirer un peu d'air frais, on se contente de nos promenades. On y voit un bout de ciel bleu et, si on a de la chance, quelques rayons de soleil parviennent à se poser sur le bitume de la cour. Malgré ce brin de magie offert par la lumière naturelle, les bras de Madame Courage valent bien plus que ces récréations ; ils sont confortables, je dirais presque rassurants. Parce que les promenades ne sont que des parenthèses à la vie qu'on s'est imposée.

C'est dans nos cellules que tout se met en place. Assieds-toi sur le matelas en t'adossant au mur, assure-toi d'être dans une position agréable, ferme les yeux, respire un coup et avale un premier cacheton. Pour un effet maximal, utilise ta salive pour le faire passer.

Maintenant, il faut que tu parviennes à te vider l'esprit en pensant à quelque chose qui n'a pas trop de sens – la forme sans le fond. Les minutes deviendront des secondes, tout ira de plus en plus vite. Mais prends ton temps, suis ton rythme, tu peux contrôler la cadence… Alors ? Tu le sens ? Ça monte. Et c'est à ce moment que tes pensées te guideront vers un univers inconnu qui, pourtant, te paraîtra toujours un peu familier. Le grand huit émotionnel. Tu risques de sentir un zeste de mélancolie au cours de la défonce mais, ne t'inquiète pas, on est toujours chez soi quand Madame Courage nous tient la main. Et elle ne nous lâchera pas. Non, jamais.

Parfois, des médecins nous rendent visite. L'une d'entre eux s'appelle Anà. Grâce à elle, mes douleurs aux pieds et mes blessures ont rapidement guéri. Elle prend soin de moi en s'assurant que ma tension est normale et en me donnant quelques carrés de chocolat. J'ai l'impression d'être son enfant. Anà a une sensibilité maternelle qui m'apaise, elle me rappelle ma mère. D'ailleurs, il y a quelques jours, j'ai eu Mama au téléphone. Apparemment, pendant toute cette période de silence, des ondes lui confirmaient que je faisais encore partie de ce monde. J'ai senti sa voix trembler, Mama était au bord des larmes. En l'écoutant, j'avais l'impression de me consumer ; je m'éteignais.

La *harga* se résume donc à ça ? Tenter d'oublier son passé et ne plus avoir la capacité de verser la moindre larme ? Je crois que c'est pire que la mort. Ma balade mentale n'a plus aucune saveur. J'ai besoin de me morfondre jusqu'à disparaître à jamais, je souhaite partir. Et cette fois, pour de bon.

15

Avant notre arrivée à Capuchinos, Omar m'a demandé pardon dans le fourgon. On était assis, menottés, et c'est à ce moment qu'il a décidé de s'excuser de ne pas m'avoir prévenu pour les faux papiers d'identité – il pensait bien faire. Il aurait pu me prévenir qu'il avait traficoté de fausses cartes. Si je l'avais su, je n'aurais jamais jeté mon passeport. D'ailleurs, Omar s'en veut, il s'isole et ne sort plus de sa cellule. Son voisin m'a raconté qu'il se défonce trois fois plus que nous en attendant le verdict du juge d'instruction – lui veut nous rapatrier au plus vite.

Le jour de notre arrivée au centre, les autorités ne savaient pas si l'on venait du Maroc ou de l'Algérie. Alors le juge a infiltré des vendus qui se faisaient passer pour des gardes dans le but de trouver notre nationalité pour exiger un accord de rapatriement à nos pays d'origine. Grâce à notre accent et nos dialectes, il était facile pour eux de déterminer nos provenances. J'ai été le premier à avoir été cramé, mon parler algérois se distingue facilement.

Comme chaque matin, un garde m'a réveillé pour me conduire à un bureau pour signer un papier. Tout est écrit en espagnol, et je ne comprends rien de ce qu'il raconte. Du charabia. Il me tend un stylo en mimant une signature.

— Signe !

— Non.

Je lui fais toujours le même coup. Le ton monte, ses nerfs sont déjà à bout. Il tape la table avec la paume de sa main.

— Signe, maintenant. Signe !

— Non ! Je veux un avocat.

Il m'attrape le col, me tire par les cheveux le long du couloir et me jette dans ma cellule. Je fais semblant de souffrir pour éviter les coups de battes. Sérieusement, ces pauvres Espagnols pensent que l'Algérie va leur donner un laissez-passer pour nous rapatrier ? Ils peuvent toujours courir. L'Algérie n'en a rien à foutre de sa jeunesse, qu'elle soit restée ou partie. On a beau payer le prix pour brûler les frontières, une fois arrivés de l'autre côté, ce sont nos papiers qu'on brûle. Et c'est à ce moment précis qu'on devient des migrants – des apatrides, des métèques, sauf que nous, on nous nomme les harragas. De toute manière, on n'a pas attendu que les autres nous mettent dans une case. Un peu comme des avant-gardistes, on s'y est toujours jetés en premier.

Le centre de rétention m'affaiblit progressivement, je suis vidé de l'intérieur. Comme une impression de déjà-vu, mon quotidien rime parfaitement avec rien. Une fois par semaine, on est autorisés à utiliser nos téléphones pour se connecter quelques heures. Habituellement, je me contente d'appeler mes frérots sans m'attarder sur le reste jusqu'à ce que Momo, un jeune Marocain, me suggère de garder contact avec des gens sur les réseaux sociaux. Ça nous permet de préparer notre sortie. Au début, je me disais que la seule issue possible était un retour au bercail, mais l'insipidité du temps m'a permis de réfléchir et j'ai décidé de suivre son conseil.

Ce soir, je me connecte sur Snapchat et active ma localisation en mode publique. Je choisis un ancien selfie dans la section « souvenirs » et le partage sur le réseau. En seulement vingt minutes, je reçois une pluie de messages et d'ajouts.

« Mabrouk l'Espagne mon pote ! »

« Quel chanceux. C'est comment l'Europe ? »

« Prie pour nous, on arrive bientôt ! »

« Salut ça va ? Tu fais quoi ce soir ? Je suis à Málaga. »

Des voisins d'Alger, des cousins, des immigrés et des nanas. Momo avait raison, Snapchat m'ouvre une porte vers un monde que j'avais bel et bien oublié. Je passe ma soirée à discuter. Je fais connaissance avec les quelques filles qui m'ont ajouté et leur demande de m'envoyer des messages vocaux. Découvrir leurs voix, leurs intonations et leurs accents m'a donné des frissons. Comme un besoin de douceur ou une envie de plaire. Chaque message me fait vibrer, j'ai le sourire aux lèvres. À celles qui me demandent ce que je fais dans la vie, je réponds systématiquement : « Je bosse dans l'import-export entre l'Algérie et l'Espagne, donc j'ai pas beaucoup de temps pour me connecter. M'en veux pas si je suis souvent absent. » Ce truc-là, ahhh… Ça les fait rêver ! Elles aiment les hommes occupés, et moi je suis conquis par leurs mots qui me mettent du baume au cœur. Je ne néglige aucun message, je suis sur le vif, je revis. Tout ce qui m'entoure n'est que secondaire, je suis obnubilé par la lueur de mon écran jusqu'à ce que le gardien vienne me l'arracher des mains. J'ai passé ma soirée à papoter avec tous ces gens, j'ai pris plaisir à inventer une histoire de toutes pièces au point de presque y croire. Ce soir, je suis sur un nuage. Je m'endors sans accorder une quelconque pensée à Madame Courage.

Le lendemain, rebelote. Si la nuit dernière ressemble à un mirage, le retour à la réalité est mortifère. Réveil identique aux soixante autres – refus de signer, insultes, maltraitance et petit déjeuner infect. Ici, on ne mange que du riz. Matin, midi et soir. Pendant notre promenade quotidienne, on vient nous annoncer que dix nouveaux détenus arrivent cet après-midi.

— Ceux qui sont seuls dans leur cellule, rangez vos affaires pour accueillir vos futurs colocataires !

J'en fais partie. Depuis mon arrivée, il y a un lit vide dans ma piaule. Je file faire un peu de rangement et en profite pour m'allonger en songeant à mes discussions de la veille. Elles m'ont revigoré. J'ai ressenti de la tendresse et de la sympathie à mon égard. Je me suis senti en phase avec tous ces inconnus, en symbiose avec cette rage de vaincre la solitude. Je n'arrive pas à penser à autre chose. Je perds le contrôle de mon corps, pose ma tête sur la couette que je venais de plier et m'endors. Ici, la fatigue l'emporte toujours, simplement parce que les rêves ne suffisent plus.

Une voix me réveille. J'ai dû dormir trois bonnes heures. Un gardien est debout devant mon lit.

— Salim. Tu as de la visite.

De la visite ? Je me lève d'un bond pour savoir de qui il s'agit.

— Est-ce qu'on m'a trouvé un avocat ?

Sans prendre la peine de me répondre, il tourne les talons, et j'entends une voix qui m'est familière.

— Mon frère, comme on se retrouve !

Je me frotte les yeux pour m'assurer que je ne rêve pas. C'est Noor. Il est là, dans ma cellule. Son teint cramé fait davantage ressortir ses balafres. Sa peau pèle de partout, ses vêtements sont sales et il empeste.

— Putain, tu sens pas la rose ! Il t'arrive quoi ?

Noor me raconte qu'il revient de Paris pour accueillir son cousin qui a décidé de le rejoindre en *flouka*.

— *Wallah ya* Salim, j'étais tranquille sur la plage en attendant l'appel du cous' et des bâtards de la Guardia viennent me demander mes papiers. Ils ont cramé que j'suis un sans fafs[1], ils m'ont chopé, et me voilà.

---

1. Un sans papiers.

Il ricane et me tapote l'épaule comme s'il était heureux de me retrouver. Perso, moi, je ne le suis pas. J'aurais voulu garder un dernier souvenir de lui sur cette *Playa del Barronal* et ne plus jamais le revoir. Pourquoi est-ce qu'il vient justement dans ma cellule ? Ma curiosité m'empêche de rester silencieux.

— Tu savais que t'allais me trouver ici ?

— Hein ?

— Réponds à ma question, Noor.

— Mais t'es un *mwesswess*, toi ! Sois pas si susceptible, on appelle ça le hasard.

Peut-être que je fabule. J'avais enfin réussi à trouver une autre issue que la drogue, et voilà que le plus débauché de notre traversée débarque et devient mon codétenu. Je n'aurais pas dû lui adresser la parole, je ne veux ni connaître sa vie, ni faire ami ami avec lui. Ma question était de trop, alors je prétexte l'épuisement pour éviter de l'avoir dans mes pattes.

— Vas-y, bonne soirée.

Noor m'ignore. Il se met face au mur et sombre en quelques secondes dans le sommeil.

16

Dans un coin de la cour, je rêvasse en espérant qu'ils nous donneront nos téléphones ce soir. J'imagine déjà le nombre de messages que j'ai dû recevoir. Noor est en train de prendre ses repères, il a fait la connaissance de Momo et de ses amis Marocains et, progressivement, un groupe de harragas finit par l'entourer. Lui s'assoit sur une chaise pour leur raconter son voyage en France. Noor aime faire le show. Je m'approche pour l'écouter raconter ce périple qu'il n'a pas eu l'occasion de me confier, vu mon antipathie.

— À Paris, j'étais plongeur dans un bar du quartier de Belleville. Là-bas, la plupart des restaurants sont tenus par des Algériens. J'étais pas payé, seulement nourri et logé, mais j'étais reconnaissant pour tout ce que ces gars ont fait pour moi. Je dormais dans une petite pièce qui puait la friture, elle était chauffée et plutôt confortable. Parfois, je me contentais de la voiture du barman. Mon ami Zak, lui, est tombé dans le piège du Barbès business, on ne se voyait que de temps en temps pour sortir un peu.

Quand on lui demande de nous raconter ses sorties à Paris, il marque un temps de pause, reprend son souffle et nous offre un soupçon de rêve.

— On allait aux Champs-Élysées. On s'est rincé les yeux avec les strass, les filles, les lumières. Tout y est. Je vous montrerai des photos.

Tout le monde est ébloui par son histoire. J'aurais tellement aimé qu'Omar puisse l'écouter aussi, qu'il sache ce qu'on vivra quand on ira à Paris. Mais lui ne veut plus quitter sa cellule ni recevoir de visite. La foule continue de grossir autour de Noor, tous veulent lui poser des questions. Malheureusement, les gardiens ont reçu l'ordre de nous disperser un à un en direction de nos quartiers.

Lorsque je retrouve Noor dans notre cellule, il est en train de s'allumer une clope en fredonnant des airs de musique. Je le fixe des yeux pour lui montrer que je suis prêt à parler. Il s'assoit face à moi.

— Allez dis-moi, Salim, qu'est-ce que tu veux savoir ?

— Raconte-moi Paris.

— Celui que j'ai connu ou celui que tu veux entendre ?

— Je veux la vérité.

Sa cigarette se consume au fil de ses lattes. Les dernières volutes sortent de ses narines. Il écrase son mégot, boit une gorgée d'eau, s'étire les bras et s'approche de moi.

— Salim... J'ai pas envie d'influencer tes pensées. T'es sûr de vouloir connaître la réalité ?

— Oui, putain. Accouche !

— Eh bien, tu dois savoir qu'à Paris on fait tache, on bousille le décor. C'est pour ça qu'on se contente de ne faire que des apparitions dans des quartiers comme les Champs-Élysées. On nous fait bien comprendre qu'on n'est pas à notre place. Alors le reste du temps, je préférais errer dans des ruelles mal famées. L'automne à Paris, c'est pire que l'hiver à Oran. Le thermomètre frôle le zéro. Mais tu sais ce qui est le plus dur ?

— Quoi ? Dis-moi.

— Ce n'est pas la solitude, ni le froid, encore moins la misère. Le plus dur, c'est les regards.

— Quels regards ?

— Ceux des autres, Salim. Les premiers que j'ai remarqués n'étaient pas aussi frustrants que ceux qui ont suivi. Au début, je trouvais ça étonnant qu'on me regarde et je me demandais si j'avais pas un certain *sex-appeal*, parce que je suis quand même beau gosse, non ? Mais après coup, j'ai compris...

Il s'allume une autre cigarette.

— Quoi ? Qu'est-ce que t'as compris ?

— Qu'il y a une étiquette collée sur mon front. Quand on la voit, on lit « blédard ». Parce que tu sais, là-bas, beaucoup se méfient de nous, ils nous jugent et nous accusent de tout ce qu'il y a de mal. Je me suis retrouvé condamné à être celui qu'on craint, alors moi aussi j'ai joué sur ça. J'ai tout fait pour inquiéter les gens, pour qu'on ait peur de moi.

Dégoûté, il éteint sa cigarette, balance son briquet au sol, s'allonge sur le ventre en glissant ses mains sous son coussin et se confesse à moi une dernière fois.

— Mes rêves ont été réduits en miette. Je suis heureux d'être ici parce que je vais pouvoir me reposer et mon petit cousin, lui, il se débrouillera. Comme toi, Salim. Toi, t'es futé. Perds pas espoir.

Le soir même, au réfectoire, je fais signe à un garde et lui réclame nos téléphones. Il me lance un « non » sec et catégorique. Mais j'insiste. Je ressemble à un toxicomane en manque de sa dose journalière, sauf que là, il s'agit de besoin d'affection.

— On veut nos téléphones. On doit appeler nos proches, rendez-les-nous !

Le garde sort sa batte et me la pointe sous le menton comme si c'était un flingue. Il me regarde dans le blanc des yeux et me menace discrètement en *derja*. Il parle mon dialecte, c'est un Algérien. Un vendu de merde. J'étais sur le point de lui rendre ses insultes quand un de ses collègues à lui vient calmer le jeu. Il m'explique qu'ils n'ont pas la main sur nos téléphones et que ce n'est pas eux qui décident.

— S'il vous plaît ! On a besoin de prendre des nouvelles de nos familles.

Pour eux, on est des minables. Des moins que rien qui ont décidé de tout plaquer, d'abandonner leurs proches mais qui veulent ensuite leur parler. En attendant de pouvoir passer quelques appels et assouvir mes fantasmes, Madame Courage s'incruste dans mes pensées. Une défonce ne me ferait pas de mal, j'en profiterai pour faire disparaître toutes les mauvaises énergies transmises par Noor.

17

— Oh ma ville ! Je pense à toi depuis le jour où je t'ai quittée. Ton ardeur et ta lumière… Comment est-ce que j'ai pu me séparer de l'éclat que tu m'offrais chaque matin ? Oh, ma douce…

— Ta gueule, Salim ! J'en peux plus, *ya zebi* !

— Elle m'appelle. Alger m'appelle.

— Arrête tes conneries, tu m'emmerdes !

Noor ne me croit pas. Pourtant, moi, je l'entends au loin. Il me suffit de fermer les yeux, de me concentrer un peu jusqu'à ressentir les signaux qu'elle m'envoie. Ils ont parcouru des centaines de kilomètres, traversé la mer, ils se sont faufilés dans les ruelles de Málaga, se sont incrustés entre les grillages et les murs de cette prison pour venir jusqu'à moi. J'ai saisi le truc. Alger est prête à tout pour me retrouver, elle est sur le point de me pardonner. Il n'y a que moi qui l'entends. Elle m'a persuadé que tout ça était une erreur et m'a chuchoté à l'oreille que beaucoup de ses enfants la commettent encore.

Alger ne m'en veut plus, non. Il est temps de rentrer.

Je me lève du lit et tombe à genoux devant la porte de la cellule. Je cogne mes poignets sur l'espèce de palissade métallique et implore Alger de me ramener à elle.

Bam !

— Emmène-moi avec toi. Rentrons à la maison.

Bam !

— Je ne peux plus rester ici. Pardonne-moi !

Paniqué, Noor m'attrape par une cheville et me tire vers lui. Ses mains entravent mon appel à l'aide.

— Alger n'est pas là, Salim. Tu dois te calmer.

Il ment. Alger est quelque part, là, autour de nous. Je sens sa fameuse odeur, celle du *qahwa-hlib*, un café au lait préparé avec amour et dont le parfum se promène, le matin, dans les ruelles de nos quartiers. J'entends sa mosaïque sonore – le chahut de la place Audin, les cris du marché de Meissonier, les bavardages sur les marches de la Grande Poste, le frottement des liasses de billets au square Port-Saïd, la voix du muezzin, les chants des supporters, le bruit des vagues, les klaxons, les rires des mômes, les youyous, les pétards, la derbouka et le *chaâbi*[1]. Alger est venue à moi. Je te jure, elle est juste là.

1. Genre musical algérien.

Mes tempes me font mal, j'ai l'impression qu'une force invisible est en train de me compresser le crâne. Je sens des mains sur mon visage, elles essaient de m'ouvrir les yeux. C'est Noor.

— Réveille-toi, mon frère, tu es complètement à l'ouest.

Il tambourine sur mes joues avec ses doigts. Pourquoi est-ce qu'il veut arrêter ce qui me fait du bien ?

— Tiens, bois un peu d'eau.

— Laisse-moi tranquille !

— Non. La démence est entrée en toi, Salim. Il faut te calmer ou tu risques de mourir. Alger n'est pas là, mon frère. Tu l'as laissée derrière toi.

Il me confisque mes comprimés, me force à boire un litre d'eau et m'aide à m'allonger. Cette fois-ci, je cède. Je sens toutes les particules de mon corps. J'ai même l'impression d'avoir la capacité d'éprouver chaque battement de mon cœur – ils s'enchaînent à toute vitesse, l'un derrière l'autre. Je ne contrôle même plus ma respiration et n'arrive pas à distinguer l'effet que ça me fait, je ne sais pas s'il s'agit du commencement de la vie trépidante dont j'ai toujours rêvé ou de la fin d'une illusion. Noor me donne la réponse sans attendre :

— T'es en descente.

Et c'est infernal. J'essaie de me rattacher aux flashs de la défonce. Ils m'aident à voir le soleil d'Alger et son ciel bleu étincelant. Sur le boulevard Che Guevara, il y a Baba et moi. Je nous vois. Il me porte sur ses épaules et, à deux, on ne quitte pas des yeux le grand bateau de mon enfance, le *Tariq Ibnou Ziyad*. Le navire est prêt à larguer les amarres. Mon père lève ses bras, attrape mes mains et les remue de gauche à droite.

« Un jour, c'est nous qui serons dans ce bateau. Souhaite-lui un bon voyage ! »

Baba a toujours voulu partir. Un an avant sa mort, il était sur le point de saisir une opportunité qui lui permettrait de nous prendre avec lui mais le destin nous a réservé une surprise cauchemardesque. Un matin, mon père ne s'est pas réveillé. Du jour au lendemain, on n'avait plus rien.

Plus de dix ans après, tu vois que ça n'a pas changé. La preuve : sa progéniture est en train de pourrir dans une cellule en se droguant pour pouvoir penser à son paternel. Noor a raison, je suis en train de sombrer dans la démence. Étrangement, il y a une part d'elle que j'apprécie. Madame Courage me permet d'être au plus près de mes désirs. Grâce à elle je peux visualiser tout ce que je n'ai plus, tout ce que j'ai perdu.

Je ferme les yeux à nouveau. L'image de Baba a disparu, le navire est parti, il ne reste que moi. Le Salim solitaire, l'adolescent incompris qui fume ses premières cigarettes. Je suis adossé à la passerelle qui mène au port, et Alger est méconnaissable. C'est une ville presque morte. Je lève la tête et contemple ce ciel métamorphosé, sans le moindre rayon de soleil ni de clarté. Tout est morose. Le blanc des immeubles n'est plus, les balustrades sont rouillées et les gens qui m'entourent paraissent désespérés. Angoisse et tracas sont au rendez-vous. Parce qu'il ne s'agit plus d'une descente, je vis une dégringolade monumentale et je n'ai pas le moindre frein pour amortir l'atterrissage.

18

L'absence de perspectives nous a poussés à rêver au départ et, tu sais quoi, j'aurais dû me limiter à ça. Ici, il n'y a pas une once d'espoir. Seulement une horde de désillusionnaires.

Des agents sont venus nous annoncer qu'un groupe de harragas a déclenché un mouvement de révolte pour s'échapper du centre de rétention. Ça nous a coûté le peu de liberté qu'il nous restait.

Seule Madame Courage demeure à nos côtés, elle nous engourdit dans un abîme dont on ne sortira peut-être jamais. Noor et moi sommes constamment arrachés. Cacheton sur cacheton, on s'évertue à chasser la tourmente de nos vies pitoyables. On ne se parle pas. Noor se drogue pour dormir, et moi pour penser. Dans chaque cellule, les gardes ont installé une sorte de néon aveuglant de telle sorte que le jour et la nuit se confondent. Je n'ai aucun subterfuge pour m'extraire de cette cellule nauséabonde et, depuis l'autre jour, Madame Courage ne me fait plus d'effet. Je m'ennuie. Je m'ennuie à mourir, et puis je n'entends plus Alger.

Les journées – si je peux encore les appeler ainsi – sont longues, vides et dépourvues de vitalité. La *harga* est une attente constante qui ne se limite pas à la traversée parce qu'au centre de rétention de Capuchinos, on continue d'attendre.

Toute cette histoire a commencé à la Villa des Andalouses. Ce n'est pas une hallucination, ni un mauvais rêve, la *harga* est une hantise, un véritable cauchemar. Personne ne te force à partir. Personne ne t'oblige à prendre le risque de disparaître. C'est à nous seuls que revient cette décision, et on l'a fait, on a choisi de déserter. Pour partir au nord, ou encore plus loin. Rompre les liens avec notre terre, renoncer à nos racines, oublier nos familles. Ça, c'est nous. Et nous, on ne respecte rien.

Je couvre mon visage pour échapper à la lumière de cet horrible néon et repense au moment où j'ai pris la décision de tout quitter. Je me rappelle nos après-midi avec Youcef.

Après la prière du vendredi, on avait l'habitude de se retrouver au pied de Madame l'Afrique[1]. Agrippés

1. Surnom donné à la Basilique Notre Dame d'Afrique (Alger).

à une rambarde, un joint au bec, on contemplait la mer en faisant ce qu'on maîtrisait le mieux : imaginer l'autre rive. C'est lors d'un de ces moments que j'ai dit à Youcef que ce n'était plus un rêve parce que c'était décidé. J'allais le faire. Il m'avait répondu quelque chose du genre « L'Europe a un point commun avec l'Algérie : la vie y est bien plus belle dans nos têtes que dans la réalité. »

Youcef avait raison. Partout, c'est le même merdier, les mêmes galères. Quand t'es pas né au bon endroit, rien ne changera même si tu décides de donner un coup de pouce à ton destin. Ton *mektoub*. L'Europe n'est pas mon eldorado, ni celui de ceux qui y débarquent dans les mêmes conditions que moi. Je crois qu'on a trop fantasmé l'Occident. On lui a donné de la crédibilité parce qu'on a vu comment les Européens vivaient. Mais nous, on ne l'est pas, putain. La vie est injuste, mais c'est comme ça. Tu viens, tu trimes, tu dors dehors et tu te rends compte que ta misère s'aggrave au fil des jours. Je n'ai pas payé pour ça. Je n'ai pas lâché tout ce que j'avais de précieux pour venir me défoncer et pleurer en silence dans une cellule qui pue la mort. Je n'ai pas chanté le rêve de l'exil pour fredonner à mes oreilles l'envie du retour. Pourtant, dans ma tête, une chanson de

Flenn tourne en boucle, elle s'appelle *B3ida,* et ça signifie « loin ».

Rani metwahech sot l'hnin
Wlidek tir hor habo ydiroh encagé
Fraq el yamat l'yom doka wela snin
Tghid ma sahatli bach nchof mama agée

Je suis nostalgique de la voix affectueuse de ma mère
Ton fils est un oiseau libre, ils veulent le mettre en cage
La séparation de quelques jours se transforme en années
Je suis peiné de pas avoir l'occasion de voir maman âgée

Tout ce qu'il y a de mauvais dans ce monde m'a contaminé ; l'addiction, la déraison, la folie, la trahison… Je continue ? Parce que la liste est longue. En attendant, je suis mal en point. Je sanglote comme un enfant. J'aurais aimé justifier ça par une énième descente de cachetons mais ce serait un mensonge de prétendre que c'est la drogue qui me fait pleurer. Aujourd'hui, Madame Courage me rend faible, elle m'écœure et me déprime. Je suis lassé de tout. Je me tâte à aller signer la demande de laissez-passer. Je veux pouvoir hisser un grand drapeau blanc, courir vers le bureau de l'agent et le supplier pour qu'on me rapatrie.

Lyoum rani b3id
B3ida, marmi fi blad b3ida
B3ida âla chikh âla q'ber el walida
Marmi fi blad b3ida

Aujourd'hui je suis loin
Loin, jeté dans un pays lointain
Loin du père et de la tombe de ma mère
Jeté dans un pays lointain

C'est ce que j'ai fait. J'ai attendu qu'un gardien vienne nous déposer à manger pour lui demander de me conduire au bureau de l'agent principal. Aussitôt, il m'y conduit. Un corridor, quelques marches. On y est.

L'agent m'accueille dans une pièce qui empeste la sueur. Elle ressemble aux salles d'interrogatoires qu'on voit dans les films. Il me fait signe de m'asseoir et sort une feuille de son tiroir.

— Voilà, tu dois signer ce papier.

— C'est pour mon rapatriement ?

Il me regarde d'un air surpris. Je poursuis :

— Pour partir en Algérie ?

— Ah non, non ! Sortir et partir.

Je ne comprends rien. Partir où ? Il appelle un gardien pour qu'il m'explique ce qu'il n'arrive pas à me dire.

— Le papier que tu vas signer, c'est pour sortir du centre de rétention. On devait te l'apporter demain matin mais tu nous as devancés.

— Et qu'est-ce que je dois faire pour rentrer en Algérie ?

Il me précise que j'ai déjà passé quatre-vingt-neuf jours dans le centre et que la peine maximale est de quatre-vingt-dix.

— Le papier qu'on te demandait régulièrement de signer n'est plus d'actualité. Tu as une amende à payer dans les dix jours qui suivent ta sortie. Et tu devras quitter le territoire espagnol et ne plus jamais y poser les pieds. Pas sans papiers, en tout cas. C'est compris ?

— Oui mais… moi, j'avais demandé un rapatriement.

Il est abasourdi.

— Tout ce à quoi tu penses c'est rentrer dans ton pays alors que tu vas sortir d'ici ? Fais comme tu veux. Mais ce ne sera pas à nous de te rapatrier.

Je ne comprends plus rien. Je vais sortir de ce trou ? Je signe rapidement, les remercie et reviens dans ma cellule, Noor veut savoir où est-ce que j'étais passé.

— Je crois que je sors demain.

Il me félicite et me donne un tas de conseils pour éviter les ennuis. Je t'avoue que je ne l'écoute pas. Cette situation me dépasse. Apparemment, demain marque le début de la fin. Le début d'une aventure que j'ai longtemps désirée. La fin d'une ère qui, à tous égards, a été féroce, nocive, destructrice.

19

Je récite une prière pour Mama. Je pense à Abdou, Youcef et Lotfi et envoie mille excuses pour Toufik, Kamel et ses enfants. Ces quelques paroles sont les dernières que je prononcerai dans ma cellule. Je n'arrive toujours pas à y croire, je suis arrivé au bout du tunnel. Il est temps d'en sortir et vivre l'aventure tant espérée. Je fais mes adieux à Noor, puis suis le garde qui va m'accompagner à l'extérieur. Avant de sortir, on me tend une copie de la feuille que j'ai signée la veille, mon sac à dos et mes vêtements propres. Une fois changé, je me dirige vers le portail et demande des nouvelles d'Omar. Le garde qui surveille l'entrée ne parlant qu'espagnol, j'écris le nom de mon ami sur un papier.

— Omar Makhlouf ?

— Oui, oui, c'est ça ! C'est mon ami. Il sort aujourd'hui ?

Ce mec ne comprend rien malgré mes efforts, mais je ne lâche pas l'affaire. Omar va certainement être libéré aujourd'hui. On a été condamné le même jour pour une merde que, selon eux, on a commise tous les deux. Si on a le même motif, on a forcément la même sentence. J'imagine Omar si heureux d'en finir avec tout ça, on pourra enfin prévoir de vivre tout ce dont on a parlé depuis notre rencontre. Je décide donc de l'attendre sur le trottoir d'en face. De sa cabine, l'agent m'observe, surpris que je ne prenne pas tout de suite la poudre d'escampette. Il ne peut pas comprendre. Omar est devenu un frère donc je suis obligé de l'attendre. Après ça, on ira vagabonder hors d'Espagne, on tentera de se trouver un travail, on découvrira les strass et on supportera, à deux, les regards mal placés dont Noor parlait.

En attendant nos retrouvailles, je file acheter de quoi manger dans un mini-market tout en gardant un œil sur l'entrée du centre. Pour communiquer avec moi, le vendeur a utilisé l'option traduction de son téléphone et m'a fait lire ce qu'il voulait me dire. J'aurais dû y penser plus tôt ! C'est sans doute la fatigue, l'excitation et toutes ces combinaisons d'émotions qui ne me permettent pas de réfléchir correctement. Je range mes achats et me précipite pour voir l'agent en utilisant la technique du vendeur. J'écris : « Est-ce que mon ami Omar Makhlouf va sortir aujourd'hui ? » Il me répond en tapotant sur le clavier de mon téléphone : « Je ne sais pas. Je n'ai pas ce type d'informations. »

Alors je lui demande s'il peut se renseigner, que c'est important, Omar est un frère et je dois savoir où il est. L'agent a la gentillesse de prendre son talkie-walkie. Il prononce quelques mots en mentionnant le nom d'Omar qu'il répète deux fois. Cinq secondes ont suffi pour qu'il obtienne une réponse. Une réponse brève. Un peu trop courte à mon goût.

« *Sobredosis.* »

Le type se décompose. Il n'ose pas me regarder et répète :

— *Sobredosis.*

C'est peut-être le nom d'une ville dans laquelle ils l'ont transféré ? Pourtant, il semble terrifié et ne cesse de répéter :

— *Sobredosis… Sobredosis !*

Machinalement, je tapote « *sobredosis* » sur l'application de traduction. Là, je comprends. *Sobredosis* n'est pas une ville, pas même un centre de rétention, ni le nom d'un quartier. *Sobredosis* n'est qu'un achèvement. Rien que ça. Une fin, une conclusion, une agonie, une chute, un effondrement… Une overdose.

Omar est mort. Le tumulte de la rue, le grondement des voitures, le chant des oiseaux, le raffut, le brouhaha, les voix, l'agitation, tout ce qui m'entoure me donne la nausée. Je vomis la vie. Elle est une continuité d'échecs. Je veux me retrouver dans le noyau de l'oubli, le cœur de la nuit et puis le silence, celui de la mort ! Parce qu'Omar l'est aussi.

Omar est mort. La *harga* l'a tué. C'est une souffrance de trop ; la putain de cerise sur le foutu gâteau. Omar est mort. Seul dans sa cellule, il s'était confronté à des rêves qui l'ont assassiné. Il a succombé à Madame Courage, il s'est perdu dans le grand labyrinthe du chagrin. Omar est mort. Ses derniers moments de vie devaient sans doute être faits d'aigreur et de déception. Bon sang. Quelle humiliation. Tomber ainsi, au fin fond de l'entrave, de l'inertie, de la « *sobredosis* ».

J'ai tant de peine. Omar a sombré avec un puissant regret qui résidait au fond de lui. Il savait que je lui en voulais pour ses manigances, il pensait que tout était de sa faute. C'est ainsi qu'il est parti, en bravant la mer en barque pour ensuite, crever en taule.

J'ai perdu un ami, un frère, un acolyte. Omar avait cette rage, cette fougue et un immense désir de fêter la vie. En échange de ces aspirations, le destin lui a offert une mort lamentable. J'imagine son corps inerte, enterré sous terre, peut-être dans une décharge ou dans un cimetière paumé. Sans dignité, sans prières, sans pierre tombale. La honte. Je pense aussi au papa qui n'entendra plus jamais parler de son fiston. Il lui a offert sa *harga* et il s'en voudra sans doute jusqu'à son dernier souffle. Nos parcours s'apparentent donc à ça. Si ce n'est pas toi qui meurs, tu seras celui qui pleure. Et voilà que toutes mes larmes enfouies se libèrent.

Omar est mort. Il n'est plus des nôtres.

Khlass[1]. Il n'y a plus de fougue, plus de chimères, plus de rêveries bouillonnantes. Il n'y a plus rien. Le regret l'emporte sur tout le reste. De l'autre côté de la mer, là-bas, à Alger, Oran ou Mostaganem, les rêves nous tombaient sur la tête, il y en avait à chaque coin de rue. Ils étaient présents, à outrance. On ne vivait que d'espoir, on vénérait l'illusion qu'on se faisait de la vie des autres, mais cette ère est terminée. J'ai tout tenté, tout essayé. Mais laisse-moi te dire aujourd'hui, que j'emmerde les songes et les illusions, parce que l'utopie de la *harga*, elle n'existe pas. La *harga* n'a pas d'issue, elle est une condamnation, un naufrage infini. Quand

1. C'est terminé.

tu penses être arrivé à bon port, en réalité, tu te noies.

Et toi tu le sais, Neïla.

Mes songes n'existeront plus et mes balades mentales resteront à jamais cloîtrées derrière ces murs en béton. Je vagabonderai seul jusqu'à m'effacer. Je marcherai sans hâte parce que, moi aussi, je veux m'éteindre et me dérober. Je me contenterai de subsister. Et c'est de la sorte que je m'en vais ; je me morfondrai au milieu d'une foule de gens indifférents, je m'éclipserai dans une sorte de brouillard sans fin, une brume éternelle, une grisaille incommensurable. Tel un fantôme solitaire qui, pas à pas, regagne la sphère qui lui a été destinée, celle où règnent l'abandon, l'éloignement, et la séparation.

Chez nous, cette sphère, on la nomme *el ghorba*. Elle désigne l'exil et tout ce qui vient avec : le vague à l'âme, le détachement, la mélancolie, le chagrin, le dégoût, la culpabilité… Et moi, je suis dans son gouffre. Je suis condamné, Neïla. Je suis parti de cette prison à ciel ouvert qu'est mon pays, j'ai voulu cesser d'être invisible, j'ai renoncé à l'épouvantable néant qui ponctuait ma vie pour, finalement, me retrouver nez à nez avec tout ce que j'ai fui. Mais j'ai choisi de vivre ainsi, hanté par mes souvenirs, ma nostalgie, ma vie passée en Algérie. Quel est l'intérêt de se projeter dans le futur ? Je n'ai rien à apporter au monde. À quoi bon tenter de s'en sortir ? J'ai pris le risque de finir seul. Désormais, je pleure mon départ et la mort de mon ami Omar. Je n'ai plus la capacité de rêver, encore moins d'espérer. Alors j'errerai dans les rues de Málaga et, comme à Alger, je n'existerai toujours pas. J'irai là où le vent me mènera. Je paierai les conséquences de ma lâcheté. Je subirai le mal du pays et, comme le *mektoub* l'a choisi pour moi, je m'engourdirai progressivement dans les bras d'*el ghorba*.

PLAYLIST

Babor Casanova – Torino Palermo Catania (2014)
Darja Darja – Cheb Bilal (2002)
Dounia – Soolking (2017)
Babour Ellouh – Ouled El Bahdja (2018)
Ya l'bahri – Groupe Milano (2010)
Bahre Tofane – Mouh Milano (2018)
Madame Courage – Soolking feat. Fianso (2018)
B3ida – Flenn (2020)

REMERCIEMENTS

Ce roman est inspiré d'histoires réelles.

La rude expérience de la *harga* est propre à chacun, c'est pourquoi je tiens à préciser que j'ai pris la liberté de modifier les faits. Les opinions exprimées par les personnages restent fictives et toute ressemblance avec des personnes existantes ou ayant existé serait purement fortuite.

Il va donc de soi que je remercie ceux qui ont permis à cette histoire d'être ce qu'elle est.

À mes amis Aris et Anis qui, un soir au Quai des Célestins, m'ont raconté des bribes de leur traversée malgré la difficulté émotionnelle que cela impliquait.

À Lotfi, Youcef, Abdou, Chouchou et tous ceux qui m'ont laissé accéder à leur monde et m'ont appris des chants d'exil… et quelques notions de derbouka.

À Yassine, avec qui l'on a échangé par messages pendant qu'il était détenu dans un centre de rétention à Porto.

Vous m'avez tous accueilli à bras ouverts.

Cette fiction est mon hommage à tous ceux qui, comme vous, ont choisi de braver la Méditerranée, en quête d'un eldorado.

Je tiens également à envoyer une pensée à mes parents, Rabi & Zoheir, qui, au moment où j'écris ces remerciements, ne m'ont pas vu depuis plus d'un an. Vous m'avez soutenu dans ce projet et n'avez jamais cessé de croire en moi, malgré les 1 400 kilomètres qui nous séparent.

Pour finir, je remercie Mahir Guven qui a cru à ce texte, qui m'a fait confiance et qui m'a donné de précieux conseils pendant l'écriture du roman.

TABLE

CET OUVRAGE A ÉTÉ COMPOSÉ
PAR NORD COMPO
POUR LE COMPTE DES ÉDITIONS J.-C. LATTÈS
17, RUE JACOB, 75006 PARIS
ET ACHEVÉ D'IMPRIMER
PAR CPI BUSSIÈRE (SAINT-AMAND-MONTROND)
EN DÉCEMBRE 2022